सफल बिजनेसमैन कैसे बनें?

सफल बिजनेसमैन कैसे बनें?

दीनानाथ झुनझुनवाला

प्रकाशक
प्रभात प्रकाशन प्रा. लि.
4/19 आसफ अली रोड, नई दिल्ली–110002
फोन : 011–23289777 • हेल्पलाइन नं. : 7827007777
इ–मेल : prabhatbooks@gmail.com ❖ वेब ठिकाना : www.prabhatbooks.com

संस्करण
2026

पेपरबैक मूल्य
चार सौ पचास रुपए

मुद्रक
नरुला प्रिंटर्स, दिल्ली

———————— ★ ————————

SAFAL BUSINESSMAN KAISE BANEN?
by Shri Dinanath Jhunjhunwala

Published by **PRABHAT PRAKASHAN PVT. LTD.**
4/19 Asaf Ali Road, New Delhi-110002

ISBN 978-93-5186-724-1

₹ 450.00 (PB)

यह पुस्तक क्यों?

मैंने अब तक विभिन्न विषयों पर दस पुस्तकें लिखी हैं, जिनमें पहली है, 'अमृत कलश', जिसमें संतों एवं शास्त्रों के सूत्रों का संकलन है। दूसरी है, 'हास्य कलश', जिसमें उत्कृष्ट कोटि के हास्य प्रसंग संकलित हैं। तीसरी है, 'प्रेरक चरित्र', जिसमें भगवान् शंकर, गणेशजी महाराज, भगवान् राम, भगवान् कृष्ण के साथ महान् शास्त्रीय व्यक्तियों जैसे पितामह भीष्म, देवर्षि नारद एवं ऐतिहासिक महापुरुषों में भगवान् बुद्ध, श्री गुरुनानक देवजी, क्राइस्ट, राष्ट्रपिता महात्मा गांधी, पंडित जवाहरलाल नेहरू, महानतम वैज्ञानिक अलबर्ट आइंसटाइन तथा देश के शीर्ष उद्योगपति श्री घनश्यामदास बिड़ला आदि का चरित्र चित्रण है। चौथी पुस्तक है, 'आपका स्वास्थ्य आपके हाथ', जिसमें तन-मन से स्वस्थ रहने के व्यावहारिक एवं अनुभवजन्य सूत्र दिए गए हैं। पाँचवीं पुस्तक है, 'प्रेरक प्रसंग', जिसमें छोटे-छोटे प्रेरक प्रसंग संकलित हैं। छठी पुस्तक है, 'वृद्धावस्था की समस्या एवं समाधान', जिसमें वृद्धावस्था की सभी समस्याओं का उल्लेख एवं समाधान देने का प्रयास किया गया है। सातवीं पुस्तक है, 'प्रेरणा स्रोत', जिसमें पुनः देश के महानतम व्यक्तियों का चरित्र चित्रण है; जैसे विश्व के प्रथम सत्याग्रही 'प्रह्लाद', भगवान् कृष्ण, हनुमत चरित्र, भगवान् वेदव्यास, प्रेम दीवानी मीरा, महात्मा गांधी, श्री रामकृष्ण देव, धर्मसम्राट् स्वामी करपात्रीजी, महामना मदनमोहन मालवीय आदि। आठवीं पुस्तक है, 'वचनामृत', जिसमें पूज्य श्री मोरारी बापू के अनमोल सूत्रों का

संग्रह है। नौवीं पुस्तक 'जीवन के सूत्र' में पूज्य श्री रमेश भाई ओझा के बहुमूल्य सूत्र संगृहीत हैं। दसवीं पुस्तक मैंने अपनी आत्मकथा 'जीवनयात्रा' के नाम से लिखी है, जिसमें मेरे चौहत्तर वर्षों के अनुभवजन्य सूत्रों का समावेश है।

कुछ पुस्तकें प्रकाशनाधीन हैं। 'हास्य का हिमालय', जिसमें हास्य बोध एवं हास्य का शरीर पर प्रभाव आदि संगृहीत हैं। 'इंद्रधनुष' नाम से एक पुस्तक है, जिसमें मेरे विभिन्न विषयों पर लिखे लेखों का संग्रह है।

एक बार मैंने दिल्ली में अपने मित्रों एवं छोटे भाई चि. शिवनारायण झुनझुनवाला के सामने समस्या रखी कि इतने विषयों पर पुस्तकें लिखने के बाद अब मैं कौन से विषय पर पुस्तक लिखूँ, तो छूटते ही छोटे भाई ने कहा कि आप उद्योग जगत् से जुड़े हैं, आपने वनस्पति घी की सबसे बड़ी एकल उत्पादन इकाई लगा रखी है। आपको राष्ट्रीय तथा अंतरराष्ट्रीय स्तर पर कई पुरस्कार भी मिल चुके हैं। आप स्वयं नीचे से ऊपर उठे हैं। अतः आप 'सफल बिजनेसमैन कैसे बनें' विषय पर पुस्तक लिखें। आप उद्योगों के संचालन के स्वयं अनुभवी हैं। अतः इस विषय पर आपके द्वारा लिखित पुस्तक महत्त्वपूर्ण एवं अन्य उद्यमियों के लिए प्रेरक होगी। मुझे छोटे भाई का यह सुझाव पसंद आ गया।

मैं दिल्ली से वापस आकर 'सफल बिजनेसमैन कैसे बनें' विषय पर पुस्तक लिखने की तैयारी में जुट गया। चर्चा में कई बातें सामने आईं, जैसे इस विषय पर हिंदी में मूलरूप से लिखी गई कोई पुस्तक देखने को नहीं मिली; बेशक! अंग्रेजी से हिंदी में अनुवाद की हुई कई पुस्तकें देखने को मिलीं, किंतु भारतीय संतों, शास्त्रों एवं उद्योगपतियों की सफलता के सूत्र एवं उनकी जीवनियों का उसमें समावेश नहीं है। मेरी मान्यता है कि भारत के उद्यमियों के लिए भारतीय परिवेश में लिखी गई पुस्तक ही ज्यादा उपयोगी एवं सार्थक होगी।

हमारे देश की भाषा हिंदी है तथा देश की 80 फीसदी आबादी हिंदी जानती है। अतः देश की 80 फीसदी आबादी की आवश्यकता को ध्यान में

रखकर यह पुस्तक लिखी गई है। लिखने का हेतु हमारे देश के पूर्व राष्ट्रपति एवं महान् वैज्ञानिक महामहिम अब्दुल कलाम साहब का यह संदेश बना कि सन् 2020 तक राष्ट्र को विकासशील से विकसित बनाना है। यह काम तब तक नहीं हो सकता, जब तक देश से गरीबी एवं बेरोजगारी दूर नहीं होती। इसे दूर करने का एकमात्र उपाय है, सारे देश में छोटे–बड़े उद्योगों का जाल बिछाना। देशवासियों को उद्योगों की स्थापना के लिए प्रेरित करने हेतु 'सफल बिजनेसमैन कैसे बनें' पुस्तक निश्चित रूप से सहायक होगी, ऐसा मेरा विश्वास है। सफल बिजनेसमैन बनने के लिए जितने सहायक सूत्र हैं, अलग–अलग अध्यायों में सब पर प्रकाश डालने का प्रयास किया गया है।

विभिन्न विश्वविद्यालयों द्वारा आयोजित राष्ट्रीय गोष्ठियों में भी समय–समय पर मुझे उद्योग जगत् एवं प्रबंधन से जुड़े विषयों पर विचार व्यक्त करने का अवसर मिला है। मेरे वक्तव्यों को सराहना भी मिली है, जिससे न केवल मेरा उत्साहवर्द्धन हुआ, बल्कि इस पुस्तक की पीठिका भी तैयार हुई।

इस पुस्तक की विषय सामग्री एकत्र करने में मैंने अनेक लोगों से पत्राचार किया। उनमें प्रमुख हैं, श्रद्धेय श्री वसंत कुमार बिड़लाजी। उद्योग जगत् के शीर्ष पुरुष श्री घनश्यामदास बिड़लाजी मेरे लिए आदर्श पुरुष हैं। उनके विचार मेरे पथ प्रदर्शक हैं। श्रद्धेय श्री वसंत कुमार बिड़लाजी ने मुझे कुछ पुस्तकें भेंट कर श्री घनश्यामदास बिड़लाजी पर लिखने में सहायता दी। श्री राम प्रसादजी पोद्दार के विचारों, समय की पाबंदी और अनुशासन में दृढता का पालन जैसे उनके गुणों का मैं हृदय से प्रशंसक हूँ। उनके भानजे श्री प्रदीप अग्रवाल ने मुझे उनके जीवन एवं कर्म के बारे में सामग्री उपलब्ध कराने में मदद दी। अध्यात्म जगत् के सर्वश्रेष्ठ महापुरुष बिजनेसमैन श्री जयदयाल गोयनकाजी पर गीता प्रेस द्वारा प्रकाशित कल्याण के यशस्वी संपादक एवं मेरे परम मित्र श्री राधेश्यामजी खेमका ने और गोरखपुर के ही रहनेवाले एवं जन्म से ही सेठजी जयदयाल गोयनकाजी की गोद में पले विशिष्ट विद्वान् एवं कुशल वक्ता श्री विजय कुमार जालान ने सामग्री उपलब्ध कराई।

मेरे देखते–देखते हल्दीराम भुजियावाले ने अंतरराष्ट्रीय ख्याति अर्जित कर ली। मेरे आग्रह पर उसके संस्थापक श्री मनोहरलाल अग्रवालजी ने अपनी तरक्की का रहस्य मुझे बताया। सर्वश्रेष्ठ स्नानगृह उपकरण जेक्यूवार कंपनी के संस्थापक श्री एल.एन. मेहरा की सफलता का राज भी एक तिलस्म की तरह अप्रत्याशित लगता है। उन्होंने भी अपनी तरक्की का रहस्य मुझे बताकर उपकृत किया। अंतरराष्ट्रीय ख्याति के प्रशिक्षक श्री अनिल कुमार जाजोदिया ने व्यक्तित्व विकास संबंधी जानकारियाँ उपलब्ध कराईं। इस पुस्तक की विषय सामग्री को काशी हिंदू विश्वविद्यालय के स्कूल ऑफ मैनेजमेंट के पूर्व विभागाध्यक्ष प्रो. छोटेलालजी ने जब सराहा तो मुझे विश्वास हो गया कि जिस उद्देश्य से यह पुस्तक लिखी गई है, वह पूरा हो गया। शास्त्रों के सूत्रों की जानकारी शास्त्रीय मर्मज्ञ पंडित चंद्रदेव पांडेय से प्राप्त हुई। डी.ए.वी. डिग्री कॉलेज के हिंदी विभागाध्यक्ष डॉ. जितेंद्रनाथ मिश्र ने पुस्तक की भाषा और भाव को सजाने–सँवारने में सहयोग दिया। स्वाभाविक रूप से मैं इनका आभारी हूँ।

परिवार में अपने ज्येष्ठ पुत्र श्री सत्यनारायण झुनझुनवाला का विशेष आभारी हूँ, जिसके कारण मुझे लिखने की प्रेरणा मिलती है। मेरी पत्नी, पुत्रों, पुत्रवधुओं एवं पौत्र–पौत्रियों ने भी मुझे लिखने के लिए अनुकूल वातावरण दिया। अत्यंत श्रद्धा एवं भक्ति के साथ अपने स्वर्गवासी अग्रज श्री प्रह्लाद रायजी झुनझुनवाला की पुण्य स्मृति को प्रणाम करता हूँ, जिनके द्वारा प्रदत्त संस्कार ही मुझे अध्ययन, चिंतन और लेखन की दिशा में अग्रसर करते रहते हैं।

इस पुस्तक के लेखन का ध्येय केवल उद्योग जगत् के लोगों को सफल बिजनेसमैन बनने का संदेश भर देना नहीं है। वकील, डॉक्टर, इंजीनियर या अन्य किसी दूसरे व्यवसाय के व्यक्ति, यदि इस पुस्तक के सूत्रों को अपना लें तो उनका अपने पेशे में सफल होना निश्चित है। अगर हम पुरुषार्थी हैं तो चाहे जिस पेशे परिस्थिति या स्थान पर हों, सफलता प्राप्त करना निश्चित है।

असफल होने पर भी हमारी असफलता ही हमारी सफलता का हेतु बनेगी। बस, प्रयास, प्रयत्न एवं पुरुषार्थ में कमी न आने दें। यदि 19 चोट से पत्थर नहीं टूटा और बीसवीं चोट से टूटा तो यह समझने की भूल न करें कि उन्नीस चोटें बेकार गईं। उन्नीस चोटों ने उस पत्थर को जर्जर किया, तभी वह बीसवीं चोट में टूट सका।

—दीनानाथ झुनझुनवाला

झुनझुनवाला भवन, नाटी इमली, वाराणसी
दूरभाष : 2211312, 2211313
मोबाइल : 9415302942
इ–मेल : jhoola@satyam.net.in

आभार

मेरी पुस्तकों के संपादन और प्रकाशन में मुझे डी.ए.वी. डिग्री कॉलेज के हिंदी के विभागाध्यक्ष डॉ. जितेंद्रनाथ मिश्र ने अनवरत सहयोग दिया। यदि उनका यह सहयोग नहीं मिला होता, तो संभवतः यह पुस्तक इस रूप में आप तक पहुँचना कठिन होता। श्री मिश्र के प्रति आभार।

इस पुस्तक की विषय सामग्री एकत्र करने में मैंने कई लोगों से पत्राचार किया। उनमें प्रमुख हैं—श्रद्धेय श्री वसंत कुमार बिड़लाजी। उद्योग जगत् के शीर्ष पुरुष श्री घनश्यामदास बिड़लाजी मेरे लिए आदर्श पुरुष हैं। उनके विचार मेरे पथ-प्रदर्शक हैं। श्रद्धेय श्री वसंत कुमार बिड़लाजी ने मुझे कुछ पुस्तकें भेंट कर श्री घनश्यामदास बिड़लाजी पर लिखने में सहायता दी। उन्हें किन शब्दों में धन्यवाद दूँ और कैसे उनके प्रति आभार प्रकट करूँ! वे मेरे पूज्य हैं, अतः उनका आशीर्वाद मुझे मिला।

श्री रामप्रसादजी पोद्दार के विचारों तथा समय की पाबंदी और अनुशासन का मैं हृदय से प्रशंसक हूँ। उनके जीवन एवं कर्म के संबंध में उनके भानजे श्री प्रदीप अग्रवाल ने मुझे सामग्री उपलब्ध कराकर उनके संबंध में लिखने में सहयोग दिया, जिसके लिए मैं श्री प्रदीप अग्रवाल का आभारी हूँ।

डॉ. बद्रीनाथ कपूर की विद्वत्ता का मैं प्रशंसक रहा हूँ। इन्होंने अंग्रेजी-हिंदी एवं हिंदी-अंग्रेजी के अनेक शब्दकोश तैयार किए हैं। जापान विश्वविद्यालय में चार वर्षों तक भाषाविज्ञान पढ़ाया। वे मेरे अनन्य स्नेही

मित्र भी हैं। उन्होंने कुछ अंग्रेजी के लेखों का हिंदी में ऐसा अनुवाद किया, जैसे वह लेख मूल रूप से हिंदी में ही लिखा गया हो। उन्होंने पूरी पुस्तक का संशोधन किया और एक अच्छी पुस्तक लिखने के लिए मुझे साधुवाद दिया। डॉ. बद्रीनाथ कपूरजी मेरे अग्रज थे। अतः उनके प्रति अपनी श्रद्धा व्यक्त करता हूँ तथा सहयोग के लिए आभार प्रकट करता हूँ।

शास्त्र मर्मज्ञ पं. चंद्रदेव पांडेयजी शास्त्रों के विशिष्ट ज्ञाता हैं। किसी भी शास्त्र पर तथा किसी भी विषय पर चर्चा करने से उनका ज्ञान गांभीर्य प्रकट होता है। उनके सुझाव एवं मार्गदर्शन मेरे लिए अत्यंत उपयोगी रहे हैं। उनका मेरे ऊपर आशीर्वाद है।

श्री आसकरन अग्रवालजी ने मुझे अत्यधिक उपकृत किया है, उन्होंने हिंडालको जैसे विश्वस्तरीय उद्योग को सफलतापूर्वक चलाकर उद्योग जगत् को यह संदेश दिया कि उ.प्र. के पिछड़े पूर्वी क्षेत्र में स्थापित उद्योग को भी सफलतापूर्वक चलाया जा सकता है, उनके प्रति हृदय से अपना आभार व्यक्त करता हूँ।

प्रातः भ्रमण के नित्य के साथी डॉ. नंदलाल अग्रवाल, सुरेंद्र सिंह 'एडवोकेट', कैलाशनाथ दुबे, रामानंद दीक्षित, लक्ष्मीनारायण शुक्ल आदि ने मेरे विचारों को सँवारा है और निष्कर्षों को परिपुष्ट किया है। अतः सभी के प्रति हृदय से आभार प्रकट करता हूँ।

मैं नतमस्तक हूँ संत श्री मोरारी बापू तथा संत परमपूज्य श्री रमेश भाई ओझाजी के प्रति, जिनके चरणों में बैठकर ही मैं इस लायक बना हूँ। इस पुस्तक के लिए पूज्य भाई श्री ने आशीर्वचन प्रदान करने की महती कृपा की है।

—दीनानाथ झुनझुनवाला

आशीर्वचन

उद्योग में भी योग शब्द है। उद्योग यानी जोड़नेवाला। उद्योग समाज एवं राष्ट्र को गरीबी से तारनेवाला तीर्थ है। उद्योग व्यक्ति को गौरवपूर्वक अपने पैरों पर खड़ा करने में सहायता करता है। मजदूरों को मेहनत से कम मजदूरी देना सबसे बड़ा अधर्म है और मिल रही मजदूरी से कम काम करना या मेहनत से ज्यादा मजदूरी माँगना मजदूरों का अधर्म है। पूरी मजदूरी के लिए पूरी निष्ठा से काम किया जाए। कार्य में निष्ठा हो। कार्य पूजा भाव से हो, इससे आनंद के साथ-साथ कार्य संतुष्टि भी मिलेगी। जहाँ कार्य संतुष्टि होगी, वहाँ हड़तालबाजी एवं नारेबाजी नहीं होगी और मालिक-मजदूर दोनों अपने-अपने कार्यों का ठीक तरह से निर्वाह करेंगे। अमीर बनना बुरी बात नहीं, बेईमानी से अमीर बनना बुरी बात है। अमीर बनने के बाद गरीबों को भूल जाना, गरीबों की उपेक्षा करना बुराई है। धन पैदा करो, उद्योग में लगाओ। रोजगार के अवसर बढ़ाओ। यह राष्ट्र, समाज और प्रभु की सेवा है, यही उत्तम दान है, क्योंकि तुम उन्हें अपने पैरों पर खड़ा करते हो, गौरव के साथ जीने का अवसर दे रहे हो। धनवान व्यक्ति निर्धन की उपेक्षा करेगा तो निर्धन धनवान को गाली देगा। धनवान बनना बुरा नहीं है, लेकिन धन में आसक्त हो जाना बुरा है। व्यक्ति जब तक जीवन की प्रारंभिक आवश्यकताओं रोटी, कपड़ा और मकान की पूर्ति नहीं कर पाता, तब तक समाज को अध्यात्म से जोड़ना संभव नहीं है। आदमी मंदिर भी जाएगा तो भिखारी होकर जाएगा।

परमात्मा से याचना करेगा हमें यह चाहिए, हमें वह चाहिए। भगवान् से चाहेगा, भगवान् को नहीं चाहेगा। गरीबों से प्रेम करो, गरीबी से नहीं। रोजगार उपलब्ध कराया जाए, शिक्षा बढ़ाई जाए, आबादी को स्वयं नियंत्रित किया जाए।

भगवान् विष्णु की सवारी गरुड़ है। जब लक्ष्मी भगवान् विष्णु के साथ गरुड़ पर सवार होकर आती हैं तो वह सही लक्ष्मी होती हैं। लेकिन लक्ष्मी की सवारी उल्लू है और उल्लू पर बैठकर जब आएँगी तो वह ब्लैक मनी हो जाएँगी। अन्न का दान देने के बजाय क्षेत्र में अन्न का उत्पादन बढ़े, ऐसा प्रयास करना चाहिए। भिखारी को जिंदगीभर भिखारी मत बनाए रखो। अंधकार समस्या है, तो दीपक समाधान। हम समस्या से प्रभावित न हों, समस्याओं को प्रभावित करें। पुरुषार्थ करें, धन कमाएँ। दुर्जन की दुर्जनता से समाज का उतना नुकसान नहीं हुआ, जितना सज्जनों की निष्क्रियता से हो रहा है। India is not a poor Country. It is a poorly managed Country. धर्म से धन बढ़े, यह कामना मत करो। धर्म से धन की आसक्ति कम हो जाए, यह कामना करो। पैसा कमाने के लिए पाप मत करो, पुरुषार्थ करो। राजा के पाँच यज्ञ होते हैं—दुष्टों को दंड, सज्जनों की पूजा, न्यायपूर्वक राजकोष को समृद्ध करना, न्यायालय से निष्पक्ष, सस्ता एवं तुरंत न्याय दिलवाना और राष्ट्र की सुरक्षा।

श्री दीनानाथ झुनझुनवाला द्वारा लिखित पुस्तक 'सफल बिजनेसमैन कैसे बनें' इस दृष्टि से लिखी गई है कि बिजनेसमैन को न केवल सफल बिजनेसमैन बनाए, बल्कि राष्ट्रसेवक एवं रामसेवक भी बनाए। बिजनेसमैन को देशभक्त माना जाए एवं उद्योग तीर्थ हो जाए। देश का भविष्य उज्ज्वल है।

—रमेश भाई ओझा

अनुक्रम

सफल बिजनेसमैन बनें तो कैसे?

बिजनेसमैन : वित्तीय जोखिमयुक्त नवीन व्यावसायिक कार्य को उद्यम तथा इसके कर्ता को बिजनेसमैन कहते हैं।

श्रम : शरीर एवं मन की शक्ति का व्यय जब धनार्जन के लिए होता है, तो उसे श्रम कहते हैं।

परिश्रम : शक्ति का व्यय जब अपने लिए होता है तो वह परिश्रम हो जाता है।

उत्पादन : उत्पादन तो वस्तु है, लेकिन उत्पादकता से उत्पादन क्षमता एवं गुणवत्ता का बोध होता है। उत्पादन से उद्यम फलित होता है।

उद्योग : कई वस्तुओं के योग से समाज कल्याण के लिए जो वस्तुएँ तैयार की जाती हैं, उस क्रिया को उद्योग कहते हैं।

उद्यम परिश्रम से उत्पादन

परिश्रम ही पूँजी है, आलस्य ही गरीबी है। गरीबी दैवी प्रकोप नहीं, बल्कि आलस्य, प्रमाद, अपव्यय एवं अन्य दुर्गुणों के एकत्रीकरण का ही प्रतिफल है।

उद्यम की विशेषता उद्यमिता है। जो निरंतर कार्य में रत हैं। जैसे मनुष्य का गुण उसकी मनुष्यता है, उसी प्रकार बिजनेसमैन का गुण उसकी उद्यमिता

है। उद्यमिता को विकसित करने के लिए बिजनेसमैन होना आवश्यक है।

मैंने लखनऊ में एक भिखारी से कहा कि तुम्हारा शरीर ठीक है, तुम भीख क्यों माँगते हो, मेहनत क्यों नहीं करते? तो उसने जवाब दिया, बाबूजी, मैंने आपसे पैसा माँगा है, राय नहीं। अब आप ही बताएँ कि ऐसे व्यक्ति की गरीबी कौन दूर कर सकता है?

बिजनेसमैन तीन प्रकार के होते हैं—

1. पहले वे, जो योजना तो बनाते हैं, लेकिन उसे परेशानी समझकर बीच ही में रद्द कर देते हैं।
2. दूसरे वे, जो योजना बनाते हैं, परंतु योजना में परेशानी आने पर उसे बीच में ही छोड़ देते हैं।
3. तीसरे वे, जो योजना बनाते हैं, परेशानी आती है, लेकिन परेशानी का सामना करते हैं, यानी योजना को कार्यान्वित करते हैं।

उद्यमिता के सूत्र

लक्ष्य स्थिर हो एवं संकल्प में दृढता हो तो सफलता मिलना निश्चित है।

- काम को कर्मयोगी की तरह, यानी पूरे मन से करो। 'योगः कर्मसु कौशलम्' कुशलतापूर्वक किया हुआ कर्म ही योग है।
- आदमी काम की अधिकता से नहीं थकता, काम की अनियमितता से थकता है। आधे-अधूरे मन से किया गया काम थकान देगा तथा इससे काम की सफलता भी संदिग्ध हो जाएगी।
- बिजनेसमैन काम की अधिकता से नहीं थकता, काम जब नहीं रहता तो थकता है।
- एक बिजनेसमैन किसी उद्यम को सफलतापूर्वक चलाता है और दूसरा नुकसान उठाता है, यानी उद्योग नहीं चलता, बिजनेसमैन ही उसे चलाता है।

- हमें यह उक्ति अच्छी लगती है—"परिश्रमी समस्या का जवाब होता है, आलसी समस्या का हिस्सा होता है।"
- ज्ञान के आलोक में कर्म करेंगे तो उद्यमिता बढ़ेगी। बिना ज्ञान के कर्म करेंगे तो श्रम का अपव्यय होगा। ज्ञान दिशा देता है, यही कारण है कि कुरुक्षेत्र के मैदान में धनुर्धर अर्जुन ने अपने रथ की लगाम कृष्ण के हाथ में दे दी थी।
- बिजनेसमैन अपने श्रम का पूरा सदुपयोग करता है, समय नष्ट नहीं करता।
- काम को काम समझकर मत करो, कर्तव्य-कर्म समझकर करो।
- उद्यम करने में कठिनाइयाँ आएँ, तो जाओ सफल एवं बुद्धिमान बिजनेसमैन के पास। समस्या का समाधान मिलेगा।
- उद्योग में कड़ी मेहनत, ईमानदारी एवं टीम भावना होना आवश्यक है। आपकी सफलता को कोई रोक नहीं सकता।
- ऊर्जा चाहे प्रकट हो या अप्रकट, बिजनेसमैन उसका पूरा-का-पूरा उपयोग करता है।
- प्रत्येक पुरुष के अंदर एक महापुरुष बैठा है। आप अच्छे बिजनेसमैन तभी बन सकते हैं, जब आप प्रत्येक सहकर्मी के महापुरुष को जाग्रत् कर दें। आपका कर्मचारी ही कर्मयोगी हो जाएगा।
- बिजनेसमैन कभी अनिश्चय या दुविधा में नहीं रहता। गीता का वचन है 'संशयात्मा विनश्यति।'
- बिजनेसमैन हमेशा सचेत एवं सचेष्ट रहता है।
- बिजनेसमैन आज के काम को कल पर नहीं छोड़ता। सफल आदमी की यही पहचान है।
- हमने डाकुओं को तो महापुरुष बनते देखा है, लेकिन आलसियों को नहीं।
- जो, जितना व्यस्त रहता है, उसके पास सबसे अधिक फुर्सत रहती

है, लेकिन निठल्लों के पास समय कहाँ?

- बिजनेसमैन परेशानियों से घबराता नहीं, उनका सामना करता है। क्या हजार काँटे भी गुलाब की सुंदरता और सुगंध को कम कर पाते हैं?
- उद्यम माने श्रम। भारतीय मनीषियों ने तो जीवन के प्रत्येक सोपान में श्रम की महत्ता स्थापित की है। ब्रह्मचर्याश्रम, गृहस्थाश्रम, वानप्रस्थ आश्रम एवं संन्यासाश्रम आदि विभेद इसके प्रमाण हैं। हमारे विश्राम में भी श्रम लगा है, यानी उतना ही आराम करें कि पुन: श्रम करने लायक हो जाएँ।
- तुलसीदासजी ने भी कहा है, "कर्म प्रधान विश्व रचि राखा।" अर्थात् जगत् में उद्यम या कर्म की ही प्रधानता है।
- 'उद्योगिनां पुरुषसिंहमुपैति लक्ष्मी' यानी बिजनेसमैन को ही लक्ष्मी प्राप्त होती है। समुद्र मंथन से लक्ष्मी की प्राप्ति उद्यम नहीं, लक्ष्मी की प्राप्ति के लिए समुद्र मंथन उद्यम है।
- हमारा भाग्य भी क्या है? जो कर्म हमने आज किया और फल बाद में मिला तो भाग्य के रूप में मिला। आज का भाग्य भी पूर्व में किए हुए कर्म का ही फल है, अत: कर्म ही प्रधान है।
- श्रम से अधिक कर्म-संन्यास को महत्त्व देना पतन का कारक है।
- हम जानते हैं, करते नहीं, यानी जानने का महत्त्व नहीं, करने का महत्त्व है। बिजनेसमैन वही है, जो जाने भी और करे भी। जो जानकर करने में विश्वास करे, वही बिजनेसमैन है।
- अच्छा बिजनेसमैन अपने साथ काम करनेवालों को नीचा दिखाने या अपना बड़प्पन दिखाने का प्रयास नहीं करता, बल्कि अपनी उपलब्धियों का श्रेय भी साथवालों को देता है, जिससे उनका मनोबल ऊँचा रहे। ध्यान रखें कि काम करनेवाला व्यक्ति केवल पैसे के लिए काम नहीं करता, वह भी मान-सम्मान चाहता है।
- सफल बिजनेसमैन अपने साथ काम करनेवालों की सुविधा का भी

खयाल रखता है। स्वयं गाड़ी पर चढ़े तो उन्हें साइकिल तो मिलनी ही चाहिए।

- सफल बिजनेसमैन क्रोध का उपयोग कम-से-कम करता है। श्रेष्ठ क्रोध वह है, जो देर से आए और जल्दी चला जाए। क्रोध में हम अपना विवेक खो बैठते हैं।
- एक बार मैं एक फैक्टरी में गया। वहाँ के एक कर्मचारी से पूछा कि क्या कर रहे हो, तो उसने कहा कि समय काट रहा हूँ। दूसरे से पूछा तो उसने कहा कि पाँच बजने की प्रतीक्षा कर रहा हूँ और तीसरे को देखा, जो अपने काम में व्यस्त था। उसे समय का खयाल ही नहीं था। पहले कर्मचारी की छुट्टी हो जाएगी, दूसरे की बढ़ोतरी नहीं होगी और तीसरा तरक्की करता चला जाएगा।
- बिजनेसमैन को जो मिलता है, उससे वह संतुष्ट रहता है। अधिक पाने का प्रयत्न जरूर करता है, लेकिन इस बात का खयाल रखता है कि हमारा असंतोष हमें निष्क्रिय न बना दे।
- हमारा शरीर ऊर्जा का असीम भंडार है, इस शक्ति का उपयोग करें। इसे बरबाद मत होने दें।
- बिजनेसमैन अपने समय का सदुपयोग करता है। केवल समय ही है, जो वापस नहीं आता।
- बिजनेसमैन को मानकर चलना चाहिए कि हमारे हाथ-पैर की दस-दस उँगलियाँ दशावतार हैं। ये जितनी व्यस्त रहेंगी, जीवन उतना ही समृद्ध रहेगा।
- बिजनेसमैन जब स्वयं अनुशासन में रहेगा, तभी वह दूसरों पर शासन कर पाएगा।
- सफल बिजनेसमैन वही, जिसने ज्ञान (जानकारी) का कर्म में रूपांतरण कर लिया और अपने समय का सदुपयोग करना सीख लिया।
- परिश्रमी के पास हमेशा एक कार्यक्रम होता है। आलसी के पास

हमेशा एक बहाना होता है।

- परिश्रमी कहता है, लाइए, मैं आपका काम कर दूँ, आलसी कहता है, यह मेरा काम नहीं है।
- परिश्रमी हर समस्या में समाधान देखता है, आलसी हर काम में समस्या देखता है।
- परिश्रमी कहता है, ''यह कठिन हो सकता है, लेकिन संभव है।'' आलसी कहता है, ''यह संभव हो सकता है, परंतु यह बहुत कठिन है।''
- ध्यान रखें, उपलब्धि क्रियाप्रधान है, कृपाप्रधान नहीं। बुद्ध ने अपने प्रधान शिष्य आनंद से कहा था कि तुझे जो कुछ भी मिलेगा तेरे प्रयास एवं प्रयत्नों से मिलेगा। मैं तो केवल रास्ता दिखा दूँगा, मगर चलना तो तुझे ही पड़ेगा।
- किसी भी क्षेत्र का महान् व्यक्ति ही महान् बिजनेसमैन हुआ है।
- जिस तरह एक जवान औरत एक बूढ़े का आलिंगन करना नहीं चाहती, उसी तरह लक्ष्मी आलसी, भाग्यवादी और साहसविहीन व्यक्ति को नहीं चाहती।
- बिजनेसमैन मनुष्य अपनी हानि पर कभी नहीं रोते, वे उस क्षति की भरपाई करने का उपाय करते हैं।
- बिजनेसमैन होने के लिए स्वयं ही प्रयास करना पड़ेगा। किसी और के प्रयास से हम बिजनेसमैन नहीं हो सकते।
- संघर्षपूर्ण जीवन ही उद्यमिता का लक्षण है।
- बिजनेसमैन अपने लक्ष्य को परिश्रम, हिम्मत एवं इच्छा से प्राप्त करने का प्रयास करता है।
- उद्यम न करनेवाले से वह अधिक श्रेष्ठ है, जो उद्यम करके असफल हो जाता है। कारण, उसमें परिश्रम करके सफल होने की संभावना निहित है।

- बिजनेसमैन इस बात को भली-भाँति जानता है कि उस ज्ञान से क्या लाभ, जो कर्म को प्रभावित नहीं करता।
- बिजनेसमैन की सफलता की कसौटी उसका बिजनेसमैन होना है, न कि केवल अध्ययन, व्याख्यान या प्रचार करना।
- असफलता मनुष्य की पराजय नहीं है। पराजय है, असफलता से डरना और पुनः प्रयास न करना।

□

प्रबंधन

सफल बिजनेसमैन बनने के लिए प्रबंधन की कला में पारंगत होना अनिवार्य है। अपने दो हाथों से आदमी कितना काम करेगा? यदि उसमें हजार या लाख हाथों से काम लेने की कला हो तो वह अच्छा प्रबंधक हो जाएगा। सर्वश्रेष्ठ प्रबंधक उसे माना जाता है, जो व्यक्ति की पूरी क्षमता का उपयोग कर सके।

इसे उदाहरण के तौर पर ऐसे समझा जा सकता है कि अगर एक किलोमीटर की दूरी चलकर तय करनी है तो धीरे चलकर हम बीस मिनट में यह दूरी तय कर सकते हैं, लेकिन थोड़ा तेज चलकर वह दूरी 15 मिनट में पूरी की जा सकती है। अधिक तेज चलकर 10 मिनट मैं और दौड़कर 5 मिनट में तय की जा सकती है। वह प्रबंधक, जो अपने अधीनस्थों से 20 मिनट की दूरी 5 मिनट में पूरी करवा दे, वही सर्वश्रेष्ठ प्रबंधक माना जाएगा। सर्वश्रेष्ठ प्रबंधन के दो मूल सिद्धांत हैं—पहला, पूरी क्षमता का उपयोग तथा दूसरा, गुणवत्ता में श्रेष्ठता। कार्य समय से करवाकर गुणवत्ता को ठीक न रख सकनेवाला अच्छा प्रबंधक नहीं कहा जा सकता।

सर्वश्रेष्ठ प्रबंधन के भी अनेक व्यावहारिक सूत्र हैं। उन सूत्रों की व्याख्या इस प्रकार है—

- दूसरों पर शासन करने से पहले स्वयं अनुशासन में रहना पड़ेगा। आप चाहते हैं कि कर्मचारी पान-बीड़ी का सेवन काम के समय न

करें तो सबसे पहले प्रबंधक को स्वयं इसके सेवन से अपने को दूर रखना होगा।

- अपने अधीनस्थों को कभी नीचा दिखाने का प्रयास न करें। उनकी प्रशंसा करें और उनकी कार्यक्षमता का बोध करवाकर उनके पौरुष को जाग्रत् करने का प्रयत्न करें। अपना बड़प्पन दिखाने के प्रयास से विरत रहें, क्योंकि दूसरे का बड़प्पन कोई जल्दी सुनना नहीं चाहता।
- अपनी उपलब्धि का श्रेय भी अधीनस्थों को दें। इससे अधीनस्थ भी स्वयं को गौरवान्वित अनुभव करते हैं और अपनी क्षमता का बेहतर उपयोग करते हैं।
- उपलब्धि क्रियाप्रधान है, कृपाप्रधान नहीं, यह बोध अधीनस्थों को कराना आवश्यक है। यह विश्व कर्मप्रधान है। गरीबी आलस्य की देन है। कर्म से भाग्य की रेखाएँ बदलती हैं। अधीनस्थों में डटकर काम करने की प्रवृत्ति विकसित करना आवश्यक है।
- अधीनस्थों का प्रबंधक में विश्वास होना चाहिए कि ये मेरे सुख-दु:ख के साथी हैं। विश्वास में कमी होने पर श्रेष्ठ प्रबंधन होना संभव नहीं।
- प्रबंधक को यह मानना चाहिए कि अधीनस्थ केवल पैसे के लिए काम नहीं करता, वह भी अपना मान-सम्मान रखता है।
- अपनी सुविधा के साथ-साथ अधीनस्थों की सुख-सुविधा का भी खयाल रखना चाहिए। प्रबंधक की यह भावना रहेगी तो अधीनस्थों में कभी असंतोष नहीं उपजेगा।
- प्रबंधन में क्रोध का उपयोग कम-से-कम करें। क्रोध में बोध नहीं रहता, अत: क्रोध न करें।
- श्रेष्ठतम प्रबंधन के लिए टीम भावना से काम करने की कला विकसित करना अनिवार्य है। अगर टीम भावना का अभाव हुआ

तो विभिन्न विभागों में तालमेल नहीं रह पाएगा, जिससे अंतत: उत्पादन एवं गुणवत्ता प्रभावित होगी।

- अपने कर्मचारियों को कर्मयोगी बनाएँ। उन्हें कर्मचारी एवं कर्मयोगी का अंतर बताएँ। उन्हें बताएँ कि केवल पैसे के लिए काम करनेवाला कर्मचारी है, लेकिन पूरे मनोयोग से काम करनेवाला कर्मयोगी। पैसा तो मिलना निश्चित है। अपनी संपूर्ण क्षमता एवं समय का सदुपयोग करनेवाला कर्मयोगी अपने को प्रतिष्ठान का हिस्सा मानेगा, लेकिन कर्मचारी अपने को नौकर। काम करने की मनोवृत्ति का भेद ही उसे कर्मचारी से कर्मयोगी बनाएगा।
- कर्मचारी को कर्मयोगी बनाना है। यह कला हमें रामायण से सीखनी चाहिए। सीता की खोज में समुद्र पार लंका जाने के लिए सभी बैठे हैं। कोई जाने को उद्धत नहीं हुआ, तब जामवंत ने हनुमान के महापौरुष को जाग्रत् करने के लिए कहा—

जाम्बवान् कह सुनु हनुमाना। का चुप साध रहेउ बलवाना॥
कवन तो काज कठिन जग माहीं। जो नहिं होइ तात तुमू पाहीं॥
राम काज लगि तव अवतारा। सुनतहि भयउ पर्वताकारा॥

जाम्बवान् ने हनुमान को उनके बल का बोध कराया और कहा कि आपके लिए जग में कौन सा कार्य कठिन है? आपका अवतरण ही रामकाज के लिए हुआ है। इतना सुनते ही हनुमान का पौरुष जाग उठा। इस चौपाई का सारांश यही है कि जिसका महापौरुष जाग्रत् करना हो, उसे उसके पौरुष का बोध करा दें और प्रशंसा में दो मीठे वचन कह दें। आज के जमाने में यही उपाय सबसे उपयोगी सिद्ध हुआ है।

- प्रबंधन का कर्तव्य है कि अधीनस्थों में यह भावना भर दे कि कोई भी काम छोटा या बड़ा नहीं होता। हर काम का अपना अलग महत्त्व है। किसी उद्योग में झाड़ू लगानेवाले की भी उतनी ही

आवश्यकता है, जितनी प्रबंधक की।

- सर्वश्रेष्ठ प्रबंधन समय एवं श्रम का पूरा सदुपयोग करता है। प्रबंधन सलीके से काम करने या लेने का तरीका है।
- सर्वश्रेष्ठ प्रबंधन आज के काम को कल पर नहीं टालता। गांधीजी नित्य का काम नित्य पूरा करते थे। किसी कारणवश न कर पाएँ तो प्रभु से प्रार्थना करते थे कि कल मुझे जीवित रखना, ताकि आज का बकाया काम कल पूरा कर सकूँ।
- हमारे देश के गुलाम होने का कारण था कि हमने श्रम से अधिक संन्यास को महत्त्व दे दिया।
- सर्वश्रेष्ठ प्रबंधक समस्या को पहले सुनता है और तब समाधान बताता है।
- प्रबंधक को प्रबंधन में मदद तब मिलती है, जब वह यह आदेश पारित कर दे कि समस्या लेकर आनेवाला उसका समाधान भी अपने साथ लेकर आएगा। ऐसा आदेश पारित करने से समस्या को लेकर परेशान करनेवालों से प्रबंधन को राहत मिलेगी।
- समस्या पर कम चर्चा करें, समाधान पर अधिक। हमारी मान्यता है कि बीमारी है तो इलाज भी है। समस्या है तो समाधान भी।
- अच्छा प्रबंधक समस्या का समाधान करता है। खराब प्रबंधक उसको और उलझाता है।
- अच्छे प्रबंधक के पास हमेशा एक कार्यक्रम होता है। बुरे प्रबंधक के पास हमेशा एक बहाना होता है।
- अच्छा प्रबंधक कहेगा, "लाइए, मैं आपका काम कर दूँ।" बुरा प्रबंधक कहेगा, "यह मेरा काम नहीं।"
- गीता की यह उक्ति—'योगः कर्मसुकौशलम्' प्रबंधक के लिए अति महत्त्वपूर्ण है, क्योंकि कुशलतापूर्वक किए हुए सारे कर्म ही योग की श्रेणी में आते हैं।

- अच्छा प्रबंधक समय का पूरा सदुपयोग करता है। समय नष्ट नहीं करता।
- अच्छा प्रबंधक दुविधा में नहीं रहता, उसकी बुद्धि निश्चयात्मक होती है। 'संशयात्मा विनश्यति' यह उक्ति आदमी को व्यावहारिक बनाती है।
- अच्छा प्रबंधक परेशानी से घबराने के बजाय उसका सामना करता है।
- अच्छा प्रबंधक ऐसे ढंग से समझाता है कि अधीनस्थ को समझ में आ जाता है। अगर समझ में नहीं आया तो समझानेवाले की ही कमजोरी है।

सच कहें तो प्रबंधन बहुत बड़ी कला है। अगर दूसरे को अपने अनुरूप न ढाल सकें तो दूसरे के अनुरूप स्वयं ढल जाएँ। प्रबंधन में मानवीय दृष्टिकोण एवं उदारता आवश्यक है। सभी एक परिवार की तरह कार्य करें।

□

गरीब कौन?

उस मनुष्य से अधिक गरीब कोई नहीं, जिसके पास केवल पैसा है। गरीब की परिभाषा बड़ी अजीब है। जिसके पास कुछ नहीं, वह अमीर है तथा जिसके पास सबकुछ हो, वह गरीब है। इस परिभाषा से आप चौंकिए नहीं। एक विरक्त संन्यासी के पास कुछ नहीं होता। वह केवल पहनने के लिए कौपीन और पानी पीने तथा भिक्षा ग्रहण करने के लिए कमंडल रखता है। भिक्षा भी नित्य माँगकर लेता है, एक दिन भिक्षा मिल भी गई तो दूसरे दिन की भिक्षा का ठिकाना नहीं। चाय पीने के लिए तो वह पैसा रखता ही नहीं। केवल कौपीन एवं कमंडल रखनेवाले संन्यासी का चेहरा देखिए, उसकी प्रसन्नता एवं संतुष्टि देखकर संपन्न भी उससे ईर्ष्या करने लगेंगे। ऐसे संन्यासी की प्रसन्नता का राज है, उसकी संतुष्टि। अन्य लोगों के संग्रह के सामने उसका संग्रह देखेंगे तो आपको संन्यासी दुनिया का सबसे बड़ा गरीब व्यक्ति लगेगा, लेकिन वास्तव में वह राजाओं का भी राजा है और शहंशाहों का भी शहंशाह। दूसरी तरफ राजा के पास सबकुछ होते हुए भी गरीब है, कारण वह हमेशा 'चिंता' में रहता है। उसकी इच्छाओं एवं आकांक्षाओं ने उसको 'गरीब' बना दिया। इन्हीं के कारण वह हमेशा असंतुष्ट रहता है। अतः ध्यान रखें संतुष्टि ही अमीरी है एवं असंतुष्टि ही गरीबी।

एक महात्मा ने एक सूत्र दिया—'आलस्य ही गरीबी है तथा परिश्रम ही पूँजी है।' यह सूत्र बड़े काम का है। इस सूत्र को विस्तार से समझने की

आवश्यकता है। हमारे धर्मशास्त्र कहते हैं कि लक्ष्मी की उत्पत्ति समुद्र-मंथन से हुई। यहाँ समुद्र-मंथन ही उद्यम है। बिना उद्यम के लक्ष्मी नहीं आती। यह शास्त्र वचन भी उस महात्मा के वचन की ही पुष्टि करता है कि 'परिश्रम ही पूँजी है।' एक शायर ने ठीक ही कहा है, "एक पत्थर की तकदीर भी सँवर सकती है बशर्ते कि सलीके से तराशा जाए।"

एक भिखारी महात्मा के पास गया और कहने लगा कि महाराज! मेरे पास कुछ नहीं है। मेरी मदद करें। महात्मा ने कहा कि तुम कैसे कहते हो कि तुम्हारे पास कुछ नहीं है? क्या तुम अपनी एक आँख दोगे? तुम्हें हम बीस हजार दिलवा देंगे। आजकल एक किडनी भी पचास हजार रुपए में बिक रही है। खून भी बिक रहा है। इस प्रकार, महात्माजी ने उस भिखारी को बोध करा दिया कि इतना अनमोल शरीर पाकर भी तू अपने को गरीब क्यों बताता है? शरीर से परिश्रम कर, गरीबी दूर होगी। भीख कब तक माँगता रहेगा? चीन में कहावत है कि भीख में मछली नहीं देते, बल्कि उसे मछली मारना सिखा देते हैं।

भगवान् ने आलसी एवं परिश्रमी दोनों को एक ही प्रकार का शरीर दिया। प्राकृतिक सुविधाएँ समय, वायु, जल, आकाश, सूर्य, धरती आदि भी समान रूप से दीं। किसी से कोई भेदभाव नहीं किया। सबको साधन बराबर दिए, फिर भी एक गरीब रह गया तथा दूसरा अमीर हो गया। क्यों? अमीर बनने की आकांक्षा रखनेवाले ने उपलब्ध संसाधनों का सदुपयोग किया। एक कहावत है—समय ही धन है, अगर अपने समय को हम बरबाद न करें तो समय के सदुपयोग तथा अपने शरीर द्वारा परिश्रम करके पूँजी का निर्माण कर सकते हैं। सभी प्राकृतिक शक्तियों एवं सुविधाओं का सदुपयोग हमें अमीर बना देगा।

यह भी देखा गया है कि कोई राजा के घर पैदा होता है, कोई गरीब के घर। कोई राजा के घर पैदा होने पर भी गरीब हो जाता है तथा कोई गरीब के घर पैदा होने पर भी अमीर हो जाता है। आपकी अमीरी-गरीबी इस पर निर्भर करती है कि आप वर्तमान में कैसा जीवन जी रहे हैं? अगर राजा के घर पैदा होकर भी आलसी और विलासी होकर आमदनी से अधिक खर्च करेंगे तो

गरीब होना निश्चित है। ठीक इसी प्रकार, गरीब के घर पैदा होकर भी पुरुषार्थी, संयमी एवं मितव्ययी जीवन व्यतीत करेंगे तो हमें अमीर बनने से कोई रोक नहीं सकता। ये दोनों स्थितियाँ जीवन में देखने को मिलती हैं, अत: यह केवल तर्क नहीं, व्यावहारिक सत्य है।

यह भी देखा गया है कि गरीबी के लिए लोग अपने भाग्य को कोसते हैं या प्रभुकृपा की कमी बताते हैं। तुलसीदासजी ने लिखा है कि "कर्म प्रधान विश्व रचि राखा", यानी जीवन की सारी प्राप्तियाँ कर्म प्रधान ही हैं। 'मन चंगा तो कठौती में गंगा' का मंत्र तो आलसियों का मंत्र है। जो पुरुषार्थी होगा वह निकल पड़ेगा गंगा की ओर तथा गंगा पहुँचकर ही विश्राम लेगा। प्रभु की कृपा सभी पर समान रूप से है। अंग्रेजी की एक प्रसिद्ध कहावत है, 'जो स्वयं अपनी सहायता करते हैं, ईश्वर भी उन्हीं की सहायता करता है।' यानी जो प्रयास करेगा प्रभु उसी की सहायता करेंगे।

लक्ष्य स्थिर हो और संकल्प में दृढता हो तो सफलता निश्चित है, लेकिन एक बात ध्यान देने की है कि ठोकर वही खाता है, जो चलता है। गलतियाँ उसी से होंगी, जो काम करेगा। गलतियाँ न होने के भय से निष्क्रिय एवं निकम्मा होना गरीब होने की ही प्रक्रिया है। कठिनाइयों पर विजय प्राप्त करनेवाला व्यक्ति ही जीवन में सफल होता है? किसकी ताकत है, जो ऐसे व्यक्ति को गरीब बना सके।

महात्माओं को यह कहते सुना जाता है कि बिना प्रभुकृपा के पत्ता तक नहीं हिलता, यानी हम जो कुछ भी करते हैं, वह प्रभुकृपा से ही करते हैं। ऐसी अवस्था में हमारे पाप-पुण्य एवं अमीरी-गरीबी का भोक्ता प्रभु को होना चाहिए, लेकिन होता उलटा है। हमें ही अपने किए हुए पाप-पुण्य का फल भोगना पड़ता है। महात्माजी की इस उक्ति का रहस्य समझने लायक है। शरीर तथा प्राण दो चीजें हैं। बिना प्राण के शरीर बेकार है। ईश्वर ने हमें प्राण दिए हैं। इस शरीर को प्राणवान करने के बाद उसने हमें कर्म करने के लिए स्वतंत्र छोड़ दिया। ईश्वर ने हम सभी को शक्तियाँ दीं, मन, बुद्धि आदि पाँच ज्ञानेंद्रियाँ

और पाँच कर्मेंद्रियाँ दीं। अपनी शक्तियों का सदुपयोग या दुरुपयोग करना हमारे विवेक पर निर्भर है, विवेक को ठीक रखने में सहायक हैं—शास्त्र, संत, साधु और संन्यासी इनके बताए मार्ग का अनुसरण करें और अपने विवेक तथा शक्तियों का सदुपयोग करें। इस सूत्र को ठीक से समझने के लिए एक उदाहरण का सहारा लेना उचित होगा। बिजली की मोटर में, अगर करंट नहीं तो वह बेकार है। करंट आने पर उससे हीटर चलाएँ चाहे कूलर, यह आप पर निर्भर है। कर्म से फल का मिलना निश्चित है।

एक और मानवीय कमजोरी है कि मनुष्य अपनी कमियों और कमजोरियों का कारण दूसरों में ढूँढ़ता है। जब तक वह ऐसा करता रहेगा, कभी सुधरेगा नहीं। सुधार का प्रथम लक्षण है, अपनी कमी एवं कमजोरी का उत्तरदायी स्वयं को मानना। जब वह स्वयं को उत्तरदायी मानेगा, तभी यह जानने का प्रयास भी करेगा कि मुझमें कौन सी कमजोरी है और उसे दूर कैसे किया जा सकता है। अगर अपने से सँभलने का उपाय नहीं दिखाई देगा तो वह शास्त्र वचनों का सहारा लेकर या प्रबुद्ध एवं विचारशील लोगों के पास जाकर समाधान पा लेगा। कहीं-न-कहीं उसे रास्ता दिखाई देगा और वह अपनी कमियों एवं कमजोरियों पर विजय प्राप्त करेगा। गलतियाँ होना गलत नहीं। गलत है, उसे स्वीकार न करना और उसके लिए पश्चात्ताप न करना।

बिल क्लिंटन जब अमरीका के राष्ट्रपति हुए तो उन्होंने एक बड़े महत्त्व की बात कही। उन्होंने कहा कि मेरी भी कमजोरियाँ हैं, लेकिन मेरी अच्छाइयाँ मेरी कमजोरियों को नियंत्रित करने के लिए काफी हैं।

इस लेख का सारांश यही है कि गरीबी कोई ईश्वरीय प्रकोप नहीं। उसे आलस्य, प्रमाद, अपव्यय आदि दुर्गुणों का एकत्रित प्रतिफल ही कहना चाहिए। इसे परिश्रम से दूर किया जा सकता है। अगर कोई गरीब है तो अपने आलस्य एवं निष्क्रियता के कारण। वह स्वयं गरीबी दूर कर सकता है, परिश्रम एवं अध्यवसाय से। मन का संकल्प एवं शरीर का पराक्रम किसी काम में लगा दिया जाए तो गरीबी दूर होना निश्चित है।

□

व्यक्तित्व का विकास कैसे करें?

व्यक्तित्व का विकास एक ऐसी धारणा है, जिसे लेकर सदैव भ्रम बना रहा। हम सबके मानस में यह कामना अवश्य होती है कि कुछ ऐसा करें, जिससे हमारा व्यक्तित्व विकसित हो। सामान्यतया व्यक्ति की प्रदर्शन क्षमता से उसके व्यक्तित्व का आकलन किया जाता है, परंतु शायद यह पूरी तरह से उचित नहीं होगा, क्योंकि व्यक्तित्व में हमारी वेशभूषा, व्यवहार, आदतें, भावनाएँ आदि सभी सम्मिलित होते हैं।

व्यक्तित्व-विकास को लेकर अनेक प्रकार के मत हैं। इसकी विभिन्न अवधारणाओं व परिभाषाओं को संपादित कर, यदि यह कहा जाए कि "मनुष्य की क्षमता और उसकी उपलब्धियों में आ रहे अंतर को कम करना ही व्यक्तित्व विकास है" तो सर्वथा उचित होगा।

आज के इस प्रतिस्पर्धी जीवन में हर कोई अपनी उपलब्धियों से पूर्णतया संतुष्ट नहीं है, साथ ही उसे यह भी आभास रहता है कि कहीं-न-कहीं उसकी क्षमताओं का पूरा उपयोग नहीं हो पा रहा है। जीवन के कुछ प्रमुख बिंदुओं पर ध्यान देकर हम सब अपने-अपने व्यक्तित्व को और अधिक समृद्ध बना सकते हैं तथा अपनी उपलब्धियों को बढ़ा सकते हैं।

जीवन में तीन-चार चीजें हमारे लिए बहुत महत्त्वपूर्ण होती हैं; जैसे कॅरियर, परिवार, स्वास्थ्य, धन-संपदा, समाज आदि। हमें इन क्षेत्रों में समान रूप से सफलता एवं उपलब्धियाँ अर्जित करने के लिए व्यक्तित्व के विकास

के कुछ सूत्रों पर विशेष ध्यान देना चाहिए। निश्चय ही वे सभी लोग, जो जीवन में आगे बढ़ने की इच्छा रखते हैं, सफलता जिनका लक्ष्य ही नहीं साध्य भी है, उन्हें व्यक्तित्व विकास के इन सिद्धांतों का अवश्य पालन करना चाहिए।

पहनावा

वस्त्र हमारे व्यक्तित्व का हिस्सा हैं। प्रत्येक मिलनेवाले व्यक्ति पर हमारा प्रथम प्रभाव हमारी वेशभूषा के आधार पर पड़ता है। पहली नजर में पड़नेवाला यह प्रभाव ठीक रहे, इसलिए यह आवश्यक है कि हम साफ-सुथरे तथा मौके के अनुरूप वस्त्र पहनें।

सकारात्मक दृष्टिकोण

व्यक्तित्व का दूसरा महत्त्वपूर्ण प्रभाव उसके दृष्टिकोण द्वारा पड़ता है। सफलता के लिए सकारात्मक दृष्टिकोण का होना अत्यंत आवश्यक है। आत्मविश्वास से भरे सकारात्मक दृष्टिकोण वाले व्यक्ति का प्रभाव सभी पर पड़ता है और यह प्रभाव लंबे समय तक कार्य करता है। अपने दृष्टिकोण को सकारात्मक बनाने के लिए हमें नकारात्मक विचारों से बचना चाहिए। स्वयं को ईश्वर की विशेष कृति के रूप में पहचानें और अपने चारों ओर ऐसे लोगों का साथ रखें, जो कि उत्साहित करें, निरुत्साहित नहीं। काम पूरा हो पाएगा कि नहीं, इस संशय में पड़ने की बजाय अपने काम को लक्ष्य तक पहुँचाने का निरंतर प्रयास करना चाहिए।

लक्ष्य निर्धारण

जीवन के प्रत्येक क्षेत्र में सफलता प्राप्त करने के लिए लक्ष्यों का निर्धारण अत्यंत आवश्यक है। व्यावहारिक लक्ष्यों का निर्धारण कर व्यक्ति को पहली सफलता तुरंत ही प्राप्त हो जाती है। अपना लक्ष्य जाने बिना अनेकानेक विकल्पों में से सही व उचित मार्ग का निर्धारण करना संभव नहीं होता। अतः अपनी

क्षमता, योग्यता, संसाधन, अभिरुचि व परिस्थिति के अनुरूप लक्ष्य निर्धारण करना अत्यंत आवश्यक है।

हम स्वयं निर्धारित करें कि हमारे जीवन का लक्ष्य क्या होना चाहिए? इस काम में पूरी सावधानी बरतें। एक बार लक्ष्य निर्धारित करके उसी मार्ग पर चलते रहना ही श्रेयस्कर है। एक बार गलत रास्ते पर जाने के बाद हर कदम गलत पड़ता है, जिस प्रकार कोट का एक बटन गलत लग जाने पर अन्य सब बटन गलत ही लगते जाते हैं। यह भी ध्यान रखना आवश्यक है कि गलती का अहसास होते ही उसमें सुधार कर लिया जाए।

उत्साह

व्यक्तित्व का एक महत्त्वपूर्ण पक्ष उत्साह होता है। उत्साह से ओत-प्रोत व्यक्ति जीवन की छोटी-मोटी असफलताओं से निराश नहीं होता, वह अपनी ऊर्जा से अपने काम में लगा रहता है। उत्साहविहीन व्यक्ति का कभी भी दूसरे पर रचनात्मक प्रभाव नहीं पड़ता। हर व्यक्ति ऐसे व्यक्तियों से संपर्क रखना चाहता है, जो सकारात्मक दृष्टिकोण रखते हों और उत्साह से ओत-प्रोत हों। 'हर रात के बाद दिन' के सिद्धांत को मानते हुए हम सबको चाहिए कि जीवन में होनेवाली छोटी-मोटी दुर्घटनाओं या आंशिक असफलताओं से विचलित न हों और लक्ष्य के प्रति उत्साह बनाए रखें।

प्रत्येक व्यक्ति सूर्य के प्रकाश को पसंद करता है। प्रत्येक व्यक्ति प्रफुल्ल और प्रसन्न रहना चाहता है। प्रफुल्ल और प्रसन्न वही रह सकता है, जो आशावान होता है। आशा प्रकाश है, निराशा अंधकार। अंधकार में आगे का रास्ता बंद हो जाता है, निराश व्यक्ति हाथ पर हाथ रखकर बैठ जाता है।

जीवन में कुछ भी करें, परंतु महत्त्वाकांक्षा को उत्तेजित करनेवाले, उच्च आदर्शों की प्रेरणा प्रदान करनेवाले वातावरण में अवश्य रहें। ऐसा वातावरण ही विकास के मार्ग को प्रशस्त करने में समर्थ हो सकता है। सदैव उन्हीं लोगों की संगति में रहें, जो हमारी क्षमताओं के प्रति विश्वास रखते हैं तथा जो निरंतर प्रेरणा एवं प्रोत्साहन प्रदान करते हैं। ऐसे व्यक्तियों की संगति में रहने

पर हम पाएँगे कि हमारी महत्त्वाकांक्षा और प्रतिभा सदैव जाग्रत् एवं जीवंत बनी रहती है।

विनम्रता

विनम्रता व्यक्ति का श्रेष्ठ गुण है और इसके बिना व्यक्ति का चिरप्रभावी होना संभव नहीं है। विनम्रता वास्तव में व्यक्तित्व को एक नया आयाम देती है और अनेक सफलताओं व उपलब्धियों का प्रमुख कारण भी बनती है। अनेक अवसरों पर हमें भ्रम भी होता है कि हमारी विनम्रता हमारी कमजोरी बन रही है, किंतु हमें विनम्रता एवं दृढता के अंतर को समझना होगा। अपने विचारों को स्थिर रखकर हम स्वयं को दृढता प्रदान कर सकते हैं, जबकि विनम्रता से आशय है कि हमारा व्यवहार दूसरों के प्रति नम्र हो और हमारे आचरण से किसी को ठेस न पहुँचे। यह ध्यान रखना आवश्यक है कि विनम्रता का मतलब सहज समर्पण नहीं है। विनम्रता से दूसरे के प्रति स्नेह एवं सम्मान रखते हुए भी असहमति व्यक्त की जा सकती है।

अनुकूल और मधुर वाणी सबको अच्छी लगती है। प्रत्येक व्यक्ति अपना समर्थन चाहता है और सहानुभूति की अपेक्षा करता है। हम भले ही किसी व्यक्ति का कोई काम न कर सकें, परंतु उसके प्रति सहानुभूति तो प्रदर्शित कर ही सकते हैं, उसके कार्य की सिद्धि के उपाय पर विचार भी कर ही सकते हैं। लोक प्रचलित कहावत भी है कि 'हम गुड़ न भी दे सकें, पर गुड़ जैसी बात तो कहें।' हम प्रिय एवं हितकारी वाणी का अभ्यास करके देखें। हमारे संपर्क में आनेवाले व्यक्ति तो प्रसन्न होंगे ही, हमें भी उसके द्वारा आनंद की प्राप्ति होगी।

टालमटोल से बचाव

किसी भी व्यक्ति की असफलताओं में टालमटोल की प्रवृत्ति का बहुत बड़ा योगदान होता है। आलस्य मनुष्य का सबसे बड़ा शत्रु है। जीवन में सफलता प्राप्त करने के लिए आलस्य का पूर्ण त्याग करना होगा। आलस्य के

रहते हुए न तो हम अपनी कार्यक्षमता का उपयोग कर सकते हैं और न अपने लक्ष्य को प्राप्त कर सकते हैं। काम को टालना विश्वव्यापी समस्या है। हर नए काम को या थोड़े असुविधाजनक काम को हम सब हमेशा टालना चाहते हैं, जबकि वास्तव में ऐसा करके हम, जहाँ एक ओर सफलताओं को दूर कर रहे होते हैं, वहीं स्वयं को एक नवीन कार्य के रोमांच से भी वंचित कर देते हैं। किसी भी बड़े कार्य को छोटे-छोटे भागों में विभक्त कर उसे सरल बनाया जा सकता है। उस कार्य को समाप्त करने का एक समयबद्ध कार्यक्रम बनाकर स्वयं को अनुशासन में रखने का प्रयास भी किया जा सकता है।

कार्य के सरल दिखाई देने से उसे करने का उत्साह बनेगा और हम काम को टालने की प्रवृत्ति से बचेंगे।

विश्वसनीयता

विश्वसनीयता हमारे व्यक्तित्व का एक महत्त्वपूर्ण पहलू है और हमारी सफलता में इसका महत्त्वपूर्ण योगदान होता है। हर व्यक्ति की सार्वजनिक छवि उसके कार्यों को आगे बढ़ाती है और कई बार नकारात्मक होने पर उसकी राह में बाधा खड़ी करती है। जीवन में मूल्यों के प्रति आस्था रखकर अपने व्यक्तित्व को सही छवि प्रदान की जा सकती है।

वास्तव में समाज भी उन व्यक्तियों के साथ व्यवहार रखना चाहता है, जिनके जीवन में आस्था व सत्य का महत्त्वपूर्ण स्थान होता है। संभव है कि कई बार इन मूल्यों और सत्य के साथ हम छोटे लाभों से वंचित रह जाएँ, किंतु इनका दीर्घकालीन प्रभाव रहता है और ये हमें बड़े लाभ के लिए अवसर प्रदान करते हैं।

किसी भी महान् अथवा सफल व्यक्ति के जीवन-चरित्र के अवलोकन के पश्चात् यह बात सामने आती है कि उन्होंने पूरी दृढता के साथ अपनी चारित्रिक विशेषताओं की रक्षा की। ऐसा करते हुए भले ही उनको कितनी भी कठिनाइयों का सामना करना पड़ा हो। चरित्र कोई ऐसी वस्तु नहीं, जो शून्य

अथवा एकांत में विकसित होती है और सफलता कोई ऐसा फल नहीं, जो पेड़ पर लटकता है अथवा मदारी के आम की तरह हाथ पर उगता हो। कहा गया है—"चरित्र का निर्माण संसार के संघर्ष के मध्य होता है। सफलता एवं प्रतिष्ठा चरित्र रूपी वृक्ष का फल है।"

विचारों में नवीनता

सूचना के इस युग में देश-विदेश की दूरियाँ लगभग समाप्त हो गई हैं। कहीं भी घटित होनेवाली घटना, नई तकनीक, नई व्यवस्था आदि की सूचना बहुत ही तेजी से उपलब्ध हो जाती है। ऐसे समय में एक विकसित व्यक्ति से अपेक्षा होती है कि उसके पास अद्यतन जानकारियाँ हों। वर्तमान युग में विविध विषयों पर पढ़ने के लिए व्यापक साहित्य उपलब्ध है। हर व्यक्ति को पुस्तकों, इंटरनेट आदि का उपयोग करना चाहिए, ताकि उसके विचारों में नवीनता हो और विभिन्न संदर्भों में उसे आवश्यक सामान्य ज्ञान हासिल हो सके। नए विचार और उचित सामान्य ज्ञान के माध्यम से हम अपने व्यक्तित्व का सकारात्मक प्रभाव स्थापित कर सकते हैं।

परोपकार

सहयोग सफलता की एक महत्त्वपूर्ण आवश्यकता है। हम कभी भी इतने महान् नहीं बन सकते कि हमें दूसरों के सहारे की जरूरत ही न पड़े। वास्तव में हम सब एक-दूसरे को सहयोग व शक्ति प्रदान करते हैं। दूसरों से सहयोग प्राप्त करने के लिए हमें स्वयं को दूसरों की मदद करने के लिए तैयार करना होता है। दूसरों को उनकी योग्यता बढ़ाने व उनके कार्य में मदद करने का संतोष व्यक्ति के व्यक्तित्व पर बहुत ही सकारात्मक प्रभाव डालता है। इसके परिणामस्वरूप व्यक्ति की कार्यक्षमता में वृद्धि होती है।

मुस्कान

मुस्कान व्यक्ति का सर्वश्रेष्ठ शृंगार है। साधारण व्यक्तित्व में भी मुस्कान

को जोड़कर व्यक्तित्व को आकर्षक बनाया जा सकता है। हर कोई खुशमिजाज व्यक्ति के प्रति आकर्षित होता है। मुस्कान में कोई लागत नहीं लगती, किंतु इसका प्रत्यक्ष-अप्रत्यक्ष लाभ सदैव मिलता रहता है। कहते हैं कि मुस्कान घर में प्रसन्नता लाती है, व्यवसाय में वृद्धि करती है और मित्रता का विस्तार करती है।

व्यक्तित्व विकास वास्तव में केवल यही सब नहीं है। यह एक निरंतर चलनेवाली प्रक्रिया है, जिसके माध्यम से हम स्वयं की प्रगति और प्रभाव को सुनिश्चित कर सकते हैं। हमारा प्रभावी व्यक्तित्व हममें जीवन के संघर्षों का सामना करने की सामर्थ्य देता है, ताकि व्यक्तिगत एवं सामाजिक परिस्थितियों में हमारा विकास हो सके। मनुष्य के जीवन में नित्य हो रहे पुनर्निर्माण में सुधार ही व्यक्तित्व का विकास है।

□

बिजनेसमैन असफल कब होता है?

मैंने तीन प्रकार के बिजनेसमैन देखे हैं। पहला बिजनेसमैन कार्य के प्रारंभ में ही असफल हो जाता है। दूसरा बिजनेसमैन लंबे समय तक नई ऊँचाइयों को तो स्पर्श करता है, लेकिन स्वयं इतना नीचे गिर जाता है कि उसके पास अपना कुछ रह नहीं जाता, यहाँ तक कि वह कर्जदार तक हो जाता है। कार्य को करने के संकल्प के बाद भी सफलता प्राप्त नहीं होती। तीसरे प्रकार का बिजनेसमैन आगे बढ़ता ही जाता है। उसकी बढ़त को कोई रोक नहीं पाता। मैंने अपने जीवनकाल में तीनों श्रेणी के उद्यमियों को देखा है। अब मैं यहाँ उनकी चर्चा करना चाहूँगा।

पहला बिजनेसमैन योजना बनाता है, उसे क्रियान्वित भी करता है, लेकिन उसे पग-पग पर परेशानियों का अनुभव होने लगता है। जैसे किसी वित्तीय संस्था या बैंक से पैसा समय से न मिलना। दूसरी स्थिति में पैसा मिलने पर ब्याज का मीटर चालू हो जाना और उसी समय उद्यम चालू न होने पर ब्याज एवं मूलधन मिलाकर कर्ज से लद जाना। समय से कर्ज अदा न करने पर पैनल ब्याज इतना बढ़ जाता है कि बिजनेसमैन घबरा जाता है। अनेक सरकारी विभागों की अनुमति लेना बड़ा काम है। बिजली विभाग से बिजली का कनेक्शन लेना भी एक कठिन काम है। मशीनों के चयन में अगर गलती हो जाए तो परेशानी और नुकसान निश्चित है। अपने कर्मचारियों के साथ व्यवहार में कुशलता नहीं होगी तो उत्पादन कम होगा या माल की

क्वालिटी भी खराब होगी। यह भी देखा गया है कि किसी अच्छी कंपनी की मशीन को पैसे के लालच में स्थानीय मिस्त्रियों से ठीक करवाना महँगा पड़ जाता है। पूरी मशीन ही खराब हो जाती है और बिजनेसमैन परेशान हो जाता है। ये सारे प्रयोग बिजनेसमैन को असफलता की ओर ले जाते हैं। कभी-कभी तो उद्योग चालू भी नहीं हो पाता और बीमार या बंद हो जाता है, लेकिन यदि फिर भी चालू रहा और उत्पाद की क्वालिटी नहीं ठीक हुई तो माल बाजार से वापस आ जाता है। बिजनेसमैन परेशान हो जाता है और अंत में असफलता ही उसे हाथ लगती है।

अगर असफलता से बचना है तो अपनी परेशानी का कारण आप स्वयं न बनें। पुरानी मशीनों को खरीदना, स्थानीय मिस्त्रियों से उपकरण ठीक कराना, कर्ज को समय से चुकता न करना, अपने उत्पाद की क्वालिटी को ठीक न रखना आदि बातों से बचें। असफलता के इन सभी कारणों से सचेत एवं सचेष्ट रहने की आवश्यकता है।

जिस दूसरे बिजनेसमैन ने अपने ही जीवन में नई ऊँचाइयाँ तो प्राप्त कीं और अपने ही जीवनकाल में असफल भी हो गया, उस बिजनेसमैन के असफल होने के मूल कारण निम्न हैं—

1. अपने लड़कों को अपने जीवनकाल में ही पूरा कार्यभार न देना। जब तक पूरा भार नहीं देंगे, वे पूरी जिम्मेदारी का निर्वाह नहीं कर सकेंगे। वृद्धावस्था में कार्यशक्ति कम होती जाती है, अतः लड़कों को कार्यभार समय से देना अति आवश्यक है। न देने पर असफलता निश्चित है।
2. ऐसा भी देखा गया है कि युवा लड़के जब काम देखना प्रारंभ करते हैं तो किसी महिला कर्मचारी के संपर्क में आकर अपना भविष्य खराब कर लेते हैं। काम के प्रति लापरवाह हो जाते हैं। अपने ही उद्योग की कार्य-संस्कृति को बिगाड़ देते हैं। पिता भी वृद्ध होने के कारण ऐसे पुत्र को रोक नहीं पाते। अन्य कर्मचारी भी प्रेम-प्रपंचों

से अपरिचित नहीं रहते और वे भी मालिक की कमजोरी का अनुचित लाभ उठाने का प्रयास करते हैं। इससे बदनामी होती है तथा उद्योग पर विपरीत प्रभाव पड़ता है।

3. यह भी देखा गया है कि पिता की कमाई के कारण पुत्र में आवश्यकता से अधिक रईसी आ जाती है। वह अपनी आमदनी से अधिक खर्च करता है, कर्ज के रुपयों से ऐश करता है, नतीजा अनेक बार 'दिवालिया' होने के रूप में सामने आता है। मैंने देखा है कि कुछ लोग हवाई जहाज या फर्स्ट ए.सी. में यात्रा करते हैं। केवल यह दिखाने के लिए कि वे बड़े रईस हैं। मैंने कई लोगों को आगे बढ़कर दान देते हुए देखा है, ताकि लोग समझें कि इनकी बड़ी कमाई है। यह झूठा दिखावा है, अफलातूनी खर्च असफलता का कारण बनता है। अधिक रईसी दिखाने के कारण बिजनेसमैन अपनी जिम्मेदारियों और कर्तव्यों के प्रति भी लापरवाह हो जाता है तथा अपना खर्च भी आमदनी से अधिक बढ़ा लेता है।
4. नाम कमाने के चक्कर में कुछ बिजनेसमैन कई संस्थाओं की जिम्मेदारी अध्यक्ष या मंत्री बनकर ले लेते हैं। संस्था में चुनाव के समय बेतहाशा पैसा खर्च करके पद प्राप्त करते हैं, और फिर अधिक सक्रिय होने के कारण उद्योग या व्यापार पर ध्यान नहीं दे पाते। उद्यमियों को संस्थाओं का भार तभी लेना चाहिए जब देख लें कि उद्योग या व्यापार पर बुरा असर नहीं पड़ेगा। अपने उद्योग को प्राथमिकता देनेवाले का उद्योग कभी प्रभावित नहीं होता।
5. यह भी देखा गया है कि कुछ लोग अपनी गिरती आमदनी के कारण अनावश्यक कर्ज लेना प्रारंभ कर देते हैं, जिससे बाजार एवं समाज में साख बनी रहे। ऐसा अनुत्पादक कर्ज हमेशा परेशानी में डालने का कारण बनता है। कर्ज को कभी भी अपनी पूँजी न समझें। कर्ज लेकर मकान बनाने, शादी करने जैसे अनुत्पादक कार्य न करें। कर्ज

से आमदनी बढ़नी चाहिए, ताकि ब्याज समेत मूल अदा कर सकें। अगर ऐसा नहीं करेंगे तो असफल होना निश्चित है।

6. उद्योग-व्यापार के उसूलों के साथ कभी समझौता न करें। पहला उसूल है, समय से कर्ज की अदायगी तथा माल की खरीद का समय पर भुगतान। विश्वास मानें, जिसको देना आ गया, यानी समय से पेमेंट करना आ गया, उसको उद्योग-व्यापार करना आ गया। माँगनेवाले को दोबारा अपने दरवाजे पर माँगने के लिए न चढ़ने दें। समय से देना सीख जाएँ तो असफलता से बच जाएँगे। जो समय से देना जानता है, वही समय से उगाही का भी ध्यान रखता है।
7. कभी अपने आत्मविश्वास में कमी न आने दें। परेशानी आती है और परीक्षा लेती है। धीरज से उसका सामना करें।
8. ज्योतिषियों के चक्कर में न पड़ें। जो ज्योतिषी अपना भाग्य नहीं जानता, वह दूसरे का क्या बताएगा? अपने कर्म एवं अपने आचरण पर पूरा भरोसा रखें। कर्म एवं आचरण हमेशा नीचे गिरने से बचाएगा और असफल नहीं होने देगा।
9. अपना बड़प्पन दिखाने एवं दूसरों को नीचा दिखाने का प्रयास न करें। अगर ऐसा करेंगे तो अपने साथवालों का विश्वास खो देंगे। दूसरों का विश्वास अर्जन करना ही बिजनेसमैन की पूँजी है। उपलब्धियों का श्रेय सहयोगियों को देने का प्रयास करें। इससे उनकी कर्तव्यनिष्ठा बढ़ेगी। यह प्रयोग सफलता का निश्चित मार्ग है।
10. हमेशा याद रखें कि उपलब्धि क्रिया-प्रधान होती है, कृपा-प्रधान नहीं। तांत्रिकों, गुरुओं, ज्योतिषियों और झाड़-फूँक करनेवालों के फेर में समय बरबाद न करें। मैंने स्वयं देखा है कि गुरु ने शिष्य की उपलब्धि का श्रेय तो लिया, लेकिन जब पतन हो गया तो उसका

दोषी शिष्य को ठहराया। गुरु के कारण विचार शुद्ध हों, व्यवहार कुशलता आए तो अच्छा है, लेकिन ऐसे शुद्ध गुरु सर्वथा मिलते कहाँ हैं? जब तक शिष्य दान-दक्षिणा देता रहता है, गुरु भी उसकी पूछ करता है, किंतु आर्थिक स्थिति कमजोर होने पर शिष्य से मुँह मोड़ लेता है। अपने कर्म को ही अपना धर्म बनाने एवं अपनी सेवा को ही अपनी पूजा बनानेवाला कभी असफल नहीं होता।

11. अपने कर्मचारियों को अपना सहयोगी मानें। यह कभी न मानें कि कर्मचारी केवल पैसे के लिए काम करता है। उसका भी अपना मान-सम्मान होता है। उसका पूरा आदर करें। स्वयं को अनुशासन में रखें, तभी शासन भी ठीक से कर पाएँगे।
12. उद्योग में खरीद, बिक्री, उत्पादन, बहीखाता, पैकिंग आदि विभिन्न विभागों में तालमेल ठीक न होने के कारण भी उत्पादन प्रभावित होता है। यह भी उद्योग की असफलता का कारण बनता है। सभी विभागों के कर्मचारियों के साथ बैठकर तालमेल स्थापित करना अति आवश्यक है।
13. संयुक्त परिवार में वृद्धों की उपेक्षा न करें। कमी के बावजूद वृद्धों का आदर-सम्मान करें। जोश एवं होश में समन्वय स्थापित करें। वृद्धों का होश और आपका जोश जब साथ-साथ चलेगा तो बिजनेसमैन की तरक्की को कोई रोक नहीं पाता।
14. किसी से झगड़ा न करें। चाहे वह आपका क्रेता, विक्रेता या कर्मचारी ही क्यों न हो। अगर मन न मिले तो लेन-देन करके आगे से व्यवहार करना बंद कर दें। झगड़ों और विवादों से स्वयं को विरत रखें।
15. आज के काम को कल पर न टालें। अगर किसी कारणवश नहीं निपटा सकें तो प्रार्थना करके सोएँ कि हे परमेश्वर! कल मुझे जीवित रखना, ताकि बकाया काम पूरा कर सकूँ। इस प्रकार, दृढ निश्चयपूर्वक प्रार्थना करके सोएँगे तो आपका काम कभी पेंडिंग नहीं रहेगा।

ऐसे और भी अनेक कारण हो सकते हैं, जिनसे बिजनेसमैन असफल होता है। यहाँ दिए गए इन कारणों पर जो ध्यान देगा, उसके असफल होने का प्रश्न ही नहीं उठता।

तीसरे प्रकार का बिजनेसमैन निरंतर आगे बढ़ता जाता है। उपरोक्त सारे दुर्गुणों से, जो अपने को बचाकर रखेगा, उसकी प्रगति को कौन अवरुद्ध कर सकता है? यदि उन सफल उद्यमियों के जीवन को नजदीक से देखने का प्रयास करें तो एक बात निश्चित रूप से देखने को मिलेगी कि उनकी सफलता का राज उनकी कर्तव्यनिष्ठा है। असफल व्यक्ति को कभी अपना आदर्श न बनाएँ। हमेशा ऐसे व्यक्ति से सीख लेने का प्रयास करें, जो हमसे अधिक सफल हो तथा अधिक ऊँचाई प्राप्त कर चुका हो। सफल बिजनेसमैन ही औरों के लिए प्रेरणास्रोत होता है। अकसर बिजनेसमैन यह गलती कर बैठता है कि वह अपनी कमजोरी को छिपाने के लिए किसी ऐसे उद्योग का उदाहरण देता है, जो बीमार एवं बंद हो चुका हो। संकल्प यह होना चाहिए कि हमारी तरह का कोई एक भी उद्योग अगर सफलतापूर्वक चल रहा है तो हमारा क्यों नहीं चलेगा? यह संकल्प कभी भी बिजनेसमैन को असफल नहीं होने देगा।

□

संकल्पशक्ति

जीवन में सफलता संकल्प से आती है। एक ही कार्य को कर रहे विभिन्न व्यक्तियों की सफलता का परिणाम उनकी संकल्पशक्ति के अनुसार मिलता है। यदि किसी कार्य को किसी की देखादेखी बेमन से या आधे-अधूरे संकल्प के साथ किया जा रहा हो तो कार्य में सफलता संदिग्ध ही है। संकल्प से जुड़ा प्रयास तमाम विघ्न-बाधाओं के बीच भी अपनी सिद्धि से पूर्व न तो शिथिल होता है और न रुकता है। संकल्पित व्यक्ति की हृदय की भावना, बुद्धि की विचारणा, मन की आकांक्षा, प्राणों का आवेग, शरीर का पुरुषार्थ सब मिलकर लक्ष्य-संधान की दिशा में एकजुट होकर चल पड़ते हैं। इस तरह संकल्पशक्ति का प्रयोग एक ऐसी प्रक्रिया है, जिसमें समस्त विकल्पों का अभाव होता है। जहाँ सामने एक लक्ष्य, एक उद्देश्य, एक मंजिल होती है और अस्तित्व की समूची शक्ति उसको पूर्ण करने के लिए कटिबद्ध होती है, वहीं कठिन कर्म भी संकल्पित होने के साथ ही आसान बन जाता है। वस्तुतः संकल्पशील व्यक्ति के लिए कोई कार्य कठिन या असंभव नहीं होता। संकल्पशील व्यक्ति अपनी सबसे बड़ी दुर्बलता को अपनी सबसे बड़ी शक्ति में बदल सकता है। इसके कई उदाहरण भारतीय इतिहास में देखने को मिलते हैं। चाणक्य ने अपनी शिखा खोलकर प्रण किया कि जब तक नंद वंश का नाश नहीं कर दूँगा, तब तक अपनी शिखा नहीं बाँधूँगा और नंद वंश के राजा महानंद का सिर अपनी तलवार से काटने के बाद ही चाणक्य ने अपनी शिखा

बाँधी। नेपोलियन ने विजय यात्रा के दौरान कहा था कि असंभव शब्द केवल शब्दकोश में होता है। आल्पस पर्वत को कोई पार नहीं कर सका था, लेकिन नेपोलियन के संकल्प ने आल्पस पर्वत को भी पार कर दिखाया। इतिहास में ऐसे अगणित उदाहरण भरे पड़े हैं, जिन्होंने अपनी संकल्पशक्ति के बल पर अपने लक्ष्य तक पहुँचकर ही विराम एवं विश्राम लिया।

संकल्प करने पर शक्ति का विस्फोट होता है। संकल्पशक्ति के प्रयोग में त्रुटि विपरीत परिणाम भी ला सकती है, जिसके घातक असफल परिणाम जीवन को विफलता, निराशा एवं कुंठा से भर देते हैं। यह स्थिति वास्तव में आधे-अधूरे मन से किए गए विफल संकल्पों का नतीजा होती है। संकल्प लेकर उसे तोड़ देना अर्थात् अपने लक्ष्य को बीच में छोड़ देना स्वयं को धोखा देने जैसा है। संकल्प के प्रयोग में कभी जल्दबाजी न करें, बिना लक्ष्य का सही निर्धारण किए, उसके औचित्य के प्रति बिना आश्वस्त हुए, अपनी शक्ति-सामर्थ्य को बिना आँके संकल्प ले बैठना और कार्यक्षेत्र में कूद पड़ना समझदारी का कदम नहीं है। अंततः यह असफलता, निराशा एवं जगहँसाई का ही कारण बनती है। संकल्प के प्रयोग में कछुए सी मंदगति भी ठीक नहीं। संकल्प केवल प्रेरणा, कल्पना, योजना या अनुकूल परिस्थितियों की प्रतीक्षा में टलता रहे, यह भी उचित नहीं है।

लक्ष्य स्पष्ट हो, इसके औचित्य के प्रति भी आश्वस्ति हो, लक्ष्य में अपने कल्याण के साथ दूसरों का भी हित जुड़ा हो, तभी अंतरात्मा में निहित शक्तियाँ एकजुट होकर लक्ष्य संधान के लिए सक्रिय होती हैं। जो ठान लिया अब उसे पूरा करके ही दम लेना है। संकल्प के साथ 'विकल्प' कार्यसिद्धि में बड़ा अवरोध उत्पन्न करते हैं। वीर कोलंबस जब अपने साहसिक अभियान में भारत की खोज में निकला और महीनों की असफल समुद्री यात्रा के बाद भी मंजिल दूर-दूर तक न दिखी तो सहयात्रियों की हिम्मत जवाब दे गई। वे विकल्प की तलाश में वापस लौट चलने की बात सोचने लगे, किंतु वीर नायक कोलंबस का जवाब सहयात्रियों में नई चेतना फूँकनेवाला सिद्ध हुआ।

कोलंबस का स्पष्ट जवाब था कि पीछे मुड़ने के बजाय वह या तो जहाज को ही समुद्र में डुबा देना पसंद करेगा या फिर बुजदिलों को उठाकर समुद्र में फेंक देगा। ऐसे अटल एवं अपराजित निश्चय के साथ बढ़ रहा कोलंबस का अभियान अंततः समुद्र के किनारे अपनी मंजिल तक पहुँच ही गया। यह बात दूसरी है कि यह भारत की बजाय अमरीका का तट था। विकल्पहीन संकल्प की स्थिति असंभव लगनेवाले कार्यों को भी संभव बना देती है।

वास्तव में तमाम अवरोधों एवं प्रतिकूलताओं के बीच ही संकल्प की परीक्षा होती है। कहावत प्रसिद्ध है कि शांत समुद्र ने कभी श्रेष्ठ नाविक तैयार नहीं किए। संकल्प ही दुर्गुणों को त्यागने एवं सद्गुणों को अपनाने में सहायक सिद्ध होता है। अतः व्यक्तित्व का विकास संकल्प के साथ करें। यह निर्विवाद है कि सफलता का मूलमंत्र 'दृढ़ संकल्प' ही है।

□

जागरूकता

जागरूकता शब्द का अर्थ है—हर कार्य के प्रति सचेत एवं सचेष्ट रहना। 'सचेत' का अर्थ है—अपने कर्तव्य का बोध और सचेष्ट का अर्थ है—अपने कर्तव्य के निष्पादन के लिए प्रयासरत रहना। केवल कर्तव्यबोध का होना अधूरा है। वह ज्ञान अर्थहीन है, जो कर्म में प्रतिपादित न हो। अत: ज्ञान का रूपांतरण कर्म में होना ही जागरूकता है।

क्या जागरूकता के अभाव में किसी भी क्षेत्र में आगे नहीं बढ़ा जा सकता? राष्ट्रपति से लेकर सामान्य आदमी तक, यह देखने में आता है कि हमारी जागरूकता ही हमारी प्रगति का कारण है। अनेक बार यह देखने में आता है कि पिता द्वारा प्राप्त प्रसिद्धि और उपलब्धि पुत्र ने आगे और हासिल करने की बजाय घटा दी। इसका कारण केवल जागरूकता का अभाव था। वे अपने कर्तव्य और कर्म के प्रति सचेत एवं सचेष्ट नहीं रह पाए। अनेक लोग, जिनका बचपन साधारण था, जैसे महात्मा गांधी एवं सरदार पटेल; ये अपने जीवन में इनसानियत के सर्वोच्च शिखर पर पहुँचे। इसका मूल कारण था जागरूकता। जागरूकता के साथ परमार्थ का जुड़ना सोने में सुहागा जैसा होता है। ध्यान रखें कि परमार्थी होने के लिए भी जागरूक होना आवश्यक है। हम चाहे स्वार्थी हों, चाहे परमार्थी, हमारा लक्ष्य स्पष्ट होना चाहिए और उस लक्ष्य को प्राप्त करने के लिए सतत जागरूकता की जरूरत होती है। उद्योग-व्यापार, राजनीति-धर्म, जीवन के प्रत्येक क्षेत्र में आगे बढ़ने की

एकमात्र कुंजी है जागरूकता।

कोई भी क्रिया करने से पूर्व उसका चिंतन, चिंतन के उपरांत दूसरों से चर्चा या लेखन, उसके बाद उसका क्रियान्वयन, यानी जागरूकता का अर्थ है—मनसा वाचा कर्मणा। चिंतन को कर्म में रूपांतरित करना और वह भी समय से। काम को समय से न करना भी जागरूकता का अभाव ही है। बहुत से लोग दीर्घ सोची होते हैं, वे कोई निश्चय ही नहीं कर पाते। ऐसे दोनों ही, दीर्घ सोची या निश्चय न करनेवाले जागरूक नहीं कहे जा सकते। अत: जागरूकता ही उन्नति एवं प्रगति का कारण है और इसका अभाव ही बिजनेसमैन के पतन एवं अवनति का कारण। अत: जीवन को सार्थक एवं सफल बनाना है तो हर वक्त उसे जागरूक रहना पड़ेगा। बिजनेसमैन की सफलता उसके जागरूक रहने का प्रमाण है। कभी-कभी जागरूक व्यक्ति भी असफल होते हैं, किंतु विफलता के बाद वे निराश या हताश नहीं होते। वे अपनी सफलता के लिए निरंतर प्रयास करते रहते हैं। यही कारण है कि हम सफल व्यक्तियों को ही स्मरण करते हैं। असफल व्यक्ति तो इतिहास की धारा में विलीन हो जाते हैं।

अपने व्यवसाय के प्रति ईमानदार होना ही जागरूकता है, यानी जो जागरूक नहीं, वह ईमानदार भी नहीं। हम किसी भी तरह से जागरूकता का अर्थ समझने की चेष्टा करें तो केवल एक ही अर्थ समझ में आएगा कि समर्पित भाव से जागरूक होकर अपना व्यवसाय करनेवाला व्यक्ति ही जीवन में प्रगति करता है तथा सफल होता है।

□

सफल बिजनेसमैन और शिक्षा

सर्वोच्च स्थान पर पहुँचने के लिए उच्च शिक्षा में श्रेष्ठता का होना जरूरी नहीं है। हाँ, शिक्षा के क्षेत्र में शिक्षक को उच्च शिक्षा में श्रेष्ठ होना आवश्यक है। लेकिन उद्योग के अनेक गौरवपुरुष; जैसे- घनश्यामदास बिड़ला, धीरूभाई अंबानी, जे.आर.डी. टाटा, साहू शांति प्रसाद जैन, श्रीरामकृष्ण डालमिया आदि उच्च शिक्षित व्यक्ति नहीं थे। उद्योग में ही नहीं, राजनीति में भी देश का संचालन करनेवाले चाहे कामराज हों या लालबहादुर शास्त्री, बाबू जगजीवन राम हों या श्रीमती इंदिरा गांधी, इन सबकी शिक्षा बी.ए. तक ही थी, लेकिन पूरे देश का संचालन इन्होंने सफलतापूर्वक किया।

मैंने अपनी माँ को देखा, वह अपना हस्ताक्षर भी नहीं कर पाती थीं, लेकिन समझदारी में अच्छे-अच्छे उच्च शिक्षित भी उनका मुकाबला नहीं कर पाते थे। स्वामी रामकृष्ण परमहंस, कबीर, रैदास आदि कितने शिक्षित थे? लेकिन अध्यात्म के क्षेत्र में शिखर पर थे।

मैं जानता हूँ कि वाराणसी में जितने भी देश-विदेश से उच्च शिक्षित बिजनेसमैन आए, एक भी बिजनेसमैन सफल नहीं हो सके। बल्कि उन लोगों ने अपनी कमाई तो गँवा ही दी, कर्जदार होकर अन्यत्र चले गए।

बिजनेसमैन होने की अहर्ताएँ

1. आज का काम आज ही समाप्त करने की चेष्टा की जानी चाहिए।

काम को कल पर टालने की प्रवृत्ति घातक होगी।

2. परेशानियाँ आना स्वाभाविक है। परेशानियों का सामना करना तथा संघर्ष करते हुए आगे बढ़ते रहने की प्रवृत्ति विकास और सफलता के लिए जरूरी है। परेशानियों से घबराकर काम को बीच में छोड़ना अनुचित है।
3. अपने पूरे समय एवं पूरी क्षमता का उपयोग करने की कला का विकास करना प्रत्येक बिजनेसमैन के लिए आवश्यक है।
4. किसी भी उद्योग में प्रबंधन की सफलता हेतु सभी को साथ लेकर चलने की क्षमता विकसित करना आवश्यक है।
5. अपने से श्रेष्ठ का उदाहरण सामने रखना तथा वहाँ पहुँचने का प्रयास करना बिजनेसमैन का कर्तव्य है।
6. कोई कम काम करता हो या सहयोग न करता हो, फिर भी उससे टकराव से बचना आवश्यक है।
7. सरकारी विभागों से सहयोग करने और राजनीतिक व्यक्तियों की आलोचना से बचने से अनेक उलझनों को टाला जा सकता है।
8. प्रबुद्ध एवं ज्ञानी लोगों को सम्मान देना, ताकि उनके ज्ञान के आलोक में उद्योग का विकास एवं विस्तार हो सके।
9. अपने सहयोगी कर्मचारियों को कर्मयोगी बना देना, ताकि वे पूरे मनोयोग से अपनी पूरी क्षमता का उपयोग कर सकें।
10. प्रत्येक पुरुष में बैठे महापुरुष को जाग्रत् कर देना, ताकि वह कर्मयोगी की तरह काम कर सके।
11. आजकल सामंती जमाना नहीं है कि चाबुक मारकर काम लिया जाए। अपनी व्यवहार कुशलता से, कर्मचारी की योग्यता एवं गुणों की चर्चा से उसमें कर्तव्यबोध विकसित करना जरूरी है।
12. नई-नई तकनीकों को अपनी आवश्यकतानुसार बिजनेसमैन ग्रहण करें, ताकि उत्पाद की गुणवत्ता और उत्पादकता बढ़े तथा उत्पादन खर्च में कमी आए।

13. अपने सहयोगी कर्मचारियों की सुख–सुविधा एवं सम्मान का भी खयाल रखें। उनके प्रति उदार भाव हों। यह याद रखें कि कर्मचारी केवल पैसे के लिए काम नहीं करता, उसका भी अपना मान–सम्मान होता है। उसका आदर करें।
14. बिजनेसमैन खयाल रखें कि दूसरों पर शासन करने से पहले स्वयं को अनुशासन में रखना जरूरी है। जो अनुशासन में नहीं रह सकता, वह शासन भी नहीं कर सकता।
15. उद्योगी याद रखें कि काँटों के बीच ही गुलाब खिलता है एवं कीचड़ में कमल खिलता है। सारे विरोधों के बीच भी अपने उद्योग को सफलतापूर्वक चलाना है। निर्विरोध कोई व्यवस्था होती ही नहीं।
16. अगर शिक्षा के क्षेत्र में श्रेष्ठता लानी है तो उच्च शिक्षा देने के बजाय उसे संघर्षशील बनाने की शिक्षा दी जाए। उसे यह बताया जाए कि दुनिया का सुंदरतम एवं सुगंधित फूल गुलाब, काँटों के बीच ही खिलता है। जो फूल काँटों के बीच न खिल सके, उसे गुलाब के जैसा महत्त्व नहीं मिलता। अगर बुद्ध ने राजमहल, पत्नी, पुत्र को छोड़कर कठिन तपस्या न की होती तो सारे विश्व में मान्य एवं पूजनीय न हो पाते।
17. मैंने देखा है, अपनी प्रशंसा करके दूसरे को प्रभावित करने के बजाय उसी की प्रशंसा से उसको प्रभावित करना ज्यादा असरदार हुआ है।
18. अगर आपके पास कोई व्यक्ति समस्या लेकर आया है तो पहले उसकी सुनिए। तब अपनी बात कहिए। अगर बिना उसकी सुने आप अपनी बात कहने लग जाएँगे तो आपकी बात उसे प्रभावित नहीं कर पाएगी। पहले अपनी बात कहने का मौका देकर उसका पात्र खाली होने दीजिए।

मैं बहुत से सुझाव देकर इस विषय को बोझिल नहीं बनाना चाहता। केवल इतना कहना चाहता हूँ कि उच्च शिक्षा का होना उद्योग के क्षेत्र में अनिवार्य नहीं। संघर्षशीलता और समस्याओं से भागने की बजाय उनका सामना करने की क्षमता का विकास करना बिजनेसमैन को सफल बनाने में हमेशा सहायक रहेंगे।

□

विपणन या विक्रय-कला

अगर विपणन न हो तो व्यापार चल ही नहीं सकता। हमें बताना यह है कि विपणन करें कैसे? नए प्रकार के उत्पादन के लिए ग्राहकों में जागृति पैदा करने की आवश्यकता है। चाय जब पहली बार देश में आई तो शहर के मध्य में चौराहों पर निःशुल्क पिलाई गई। अब जब पीने की चाह पैदा हो गई तो ग्राहकों ने इसे अपने आप खरीदना शुरू कर दिया। इसी तरह जब मिनरल वाटर बिकने लगा, तो साधारण पानी और मिनरल वाटर का फर्क भी लोगों की समझ में आ गया। अब शादियों में भी मिनरल वाटर ही देना पड़ता है। दूसरे अन्य उत्पादनों के मुकाबले यदि बाजार में अपना माल बेचना है तो गुणवत्ता, पैकिंग एवं कीमत ही माल के बिकने का आधार बनेगी। एक बार आधार बनने पर सप्लाई लाइन को बरकरार रखना पड़ेगा, नहीं तो आपके उत्पाद की कमी का लाभ कोई अन्य उत्पादक उठा लेगा।

अपने उत्पादन के विक्रय के लिए विज्ञापन का सहारा लेना पड़ेगा। इसके लिए प्रिंट और इलेक्ट्रॉनिक मीडिया दोनों का उपयोग किया जा सकता है। आखिर उपभोक्ताओं को अपने माल का परिचय तो देना ही होगा। परिचय कराने के कई अन्य तरीके भी हैं; जैसे–हैंडबिल, पोस्टर, डिसप्ले मैटीरियल तथा ट्रेड फेयर आदि में शामिल होना।

ग्राहकों की तीन किस्में हैं—1. साधारण उपभोक्ता 2. औद्योगिक उपभोक्ता तथा 3. सरकार; इसमें सेना, रेलवे, प्रदेश सरकार आदि सभी आ गए। इन

तीनों में मार्केटिंग का प्रचार और प्रकार अलग-अलग होते हैं।

सामान्य उपभोक्ता—अपने उत्पाद को बेचने के लिए हमें सर्वप्रथम चयन करना पड़ेगा कि आप कितने क्षेत्र में माल बेचना चाहते हैं। क्षेत्र जितना कम होगा, वहाँ उतने ही प्रभावशाली उपभोक्ताओं से संपर्क बढ़ेगा। क्षेत्र जितना बढ़ाते जाएँगे, उतना ही खर्च भी बढ़ेगा, विक्रय प्रतिनिधि बढ़ेंगे तथा प्रचार सामग्री भी बढ़ेगी। विक्रय का जोखिम भी बढ़ेगा, उत्पाद के विक्रय तथा व्यवस्था में पकड़ भी उतनी ही कमजोर होती जाएगी। विक्रय प्रतिनिधि बोलेंगे कि उत्पादन बढ़ेगा तो क्षेत्र बढ़ाना पड़ेगा, लेकिन उस समय देखना होगा कि क्षेत्र बढ़ाना आवश्यक है या उसी क्षेत्र में गहन मार्केटिंग करना। इस मार्केटिंग का एक बड़ा लाभ होगा कि उस क्षेत्र में माल की पकड़ हो जाएगी और ग्राहक दुकान पर जाते ही उसी माल की माँग करेगा। यहाँ गहन मार्केटिंग का तात्पर्य है कि अपने उत्पाद को केवल शहरों तक सीमित न रखना। हमारे देश की 70 प्रतिशत आबादी आज भी गाँवों में बसती है। अभी कृषि उपज बढ़ने के कारण आय में बढ़ोतरी हुई है। अतः गाँवों में भी माल के विक्रय की संभावना उतनी ही है, जितनी शहरी इलाकों में। गाँवों में बिक्री बढ़ाने का एक लाभ और है कि प्रायः उत्पादक गाँवों में नहीं जाते तथा अपने उत्पाद को शहरों तक सीमित रखते हैं। अतः गाँवों में प्रतिस्पर्धा की संभावना कम होती है। दूसरा लाभ यह होगा कि गाँवों से माँग उठेगी तो शहरवाले वितरक एवं दुकानदार उस उत्पाद को रखने के लिए विवश होंगे।

किसी उत्पाद की अच्छी बिक्री का पैमाना क्या है? क्षेत्र विशेष में एक ही प्रकार के अन्य उत्पादों के मुकाबले किसी खास ब्रांड के वैसे ही उत्पाद के विक्रय का शेयर सबसे अधिक हो। अगर किसी खास ब्रांड का शेयर पचास प्रतिशत से ज्यादा है तो उस क्षेत्र में उस ब्रांड की पकड़ मजबूत है। इसी तर्ज पर अपने उत्पाद की पकड़ बढ़ाते जाएँ तथा माल के उत्पादन के अनुसार अपने विक्रय क्षेत्र का भी विस्तार करते रहें।

यह भी देखने को मिला है कि एक क्षेत्र में एक ब्रांड अगर ज्यादा प्रचलित है तो दूसरे क्षेत्र में भी उसका अधिक प्रचलित होना आवश्यक नहीं। किसी ब्रांड के किसी क्षेत्र विशेष में प्रचलित होने के कई कारण होते हैं; जैसे- नियमित माल की सप्लाई करना, माल की गुणवत्ता को बनाकर रखना, प्रचार द्वारा उत्पाद को उपभोक्ता तक पहुँचाते रहना, पैकिंग को आवश्यकता एवं समय की माँग के अनुरूप बनाए रखना। किसी उत्पाद के किसी भी क्षेत्र में पिट जाने के भी कई कारण होते हैं; जैसे-क्वालिटी में गिरावट और माल की सप्लाई में निरंतरता का अभाव। इससे उस क्षेत्र में दूसरा उत्पाद घुस जाएगा और अपनी पकड़ बना लेगा। हमेशा जागरूक रहना होगा कि जिस क्षेत्र में हमारा उत्पाद एक बार प्रचलित हो गया, वह पिटने नहीं पाए। अगर पिटता है तो यह मानकर चलना पड़ेगा कि कहीं-न-कहीं हमारे अंदर कमजोरी है। विक्रय क्षेत्र का विस्तार आवश्यकता के अनुरूप करते जाएँ। सतत सावधान रहें कि क्षेत्र में आपके माल की पकड़ घटने न पाए।

औद्योगिक उपभोक्ता को माल बेचने का तरीका बिलकुल भिन्न होता है। औद्योगिक उपभोक्ता पहले माल बनानेवाले की क्षमता देखेंगे, उसके उत्पाद की क्वालिटी देखेंगे तथा अन्य उत्पादों के मुकाबले उसकी कीमत देखेंगे। सारी व्यवस्था अनुकूल होने पर ही वे उत्पाद खरीदेंगे। प्रायः यह भी देखने को मिलता है कि औद्योगिक उपभोक्ता किसी एक सप्लायर पर आश्रित नहीं रहता। इसका कारण यह है कि सप्लायर के उत्पादन में दिक्कत आने पर औद्योगिक उपभोक्ता का उत्पादन भी प्रभावित हो जाएगा। दो-तीन उत्पादकों से माल लेने पर माल के रेट की पोल भी खुल जाती है तथा सप्लायर को भय रहता है कि अगर हमने कोई गड़बड़ी की तो दूसरा उत्पादक पूरी ताकत से घुस जाएगा।

औद्योगिक उपभोक्ता को ब्रांड उतना प्रभावित नहीं करता, जितना उसके माल की क्वालिटी, रेट तथा आवश्यकता के अनुरूप सप्लाई करने की क्षमता। यह भी देखा गया है कि ब्रांडेड माल के मुकाबले अन्य उत्पाद भी अच्छे होते

हैं। ब्रांड की कद्र सामान्य उपभोक्ता जितना करता है, उतना औद्योगिक नहीं करता। औद्योगिक उपभोक्ता को माल सप्लाई करने में माल के निर्माता को भी एक बात का ध्यान रखना चाहिए कि किसी एक उपभोक्ता पर ही वह आश्रित न रहे तथा एक उपभोक्ता की खरीद में दिक्कत आने पर वह दूसरे उपभोक्ता को सप्लाई दे सके। निर्माता को सदैव खयाल रखना चाहिए कि उसके माल की शिकायत चाहे सामान्य उपभोक्ता से आए या औद्योगिक उपभोक्ता से, तत्काल उस पर ध्यान दें। शिकायत अगर सच है तो उसे तत्काल दूर करें। माल बेचने से ज्यादा महत्त्वपूर्ण है, शिकायत को दूर करना। कभी ऑर्डर से अधिक माल की सप्लाई न करें, अधिक माल भेज देने पर माल की कद्र कम हो जाती है।

माल के विक्रय में एक निर्धारित पॉलिसी का पालन करें। पॉलिसी पालन में ढील देने से उपभोक्ता को निर्माता कंपनी के प्रति संशय हो जाएगा, जो किसी भी हालत में उचित नहीं है। माल को जितना नगद बेचेंगे, उतना ही माल की कद्र बढ़ेगी तथा जितना उधार बेचेंगे, उतनी ही कद्र घटेगी। हम लोगों को बचपन में बुजुर्गों ने बताया था कि उधार में अंधार, यानी उधार बेचने में अँधेरा है। अगर उधार देना ही पड़े तो पोस्ट डेटेड चेक लेना ज्यादा हितकर होगा। यह भ्रम निकाल दें कि बिना उधार दिए माल बिकेगा नहीं। यह भी भ्रम निकाल दें कि अगर दूसरा कोई उधार दे रहा है तो हमारा उत्पाद नगद कैसे बिकेगा? बिजनेसमैन की इच्छाशक्ति, माल की क्वालिटी, नियमित सप्लाई, व्यवहार आदि दूसरे के उधार के मुकाबले उपभोक्ता को माल को नगद खरीदने के लिए विवश कर देगा। यह प्रयोग मैंने स्वयं करके देखा है और मुझे सफलता मिली है। आप भी इसे आजमा कर देखें।

अपने वितरक या एजेंट को भी कीमत लेकर ही माल दें। उसका पैसा फँसेगा तो वह भी जी-जान से माल बेचने की चेष्टा करेगा। नहीं बिकेगा तो वितरक ही आपके माल में ऐब निकालने की चेष्टा करेगा तथा हो सकता है माल वापस करने की बात भी करने लगे। अतः उधार न देना पड़े तो अच्छा

है। आज तक उधार बेचकर कोई ज्यादा आगे नहीं बढ़ सका।

मार्केटिंग के लिए विक्रय प्रतिनिधियों का चयन खूब ठोक-बजाकर करें, कारण ज्यादातर विक्रय प्रतिनिधि घुप्पलबाज होते हैं। विक्रय प्रतिनिधि का सुपरविजन करना अनिवार्य है, ताकि उसे भय रहे कि मेरा बयान गलत न हो जाए। विक्रय प्रतिनिधियों के लिए नित्य का ब्योरा भेजने की अनिवार्यता होनी चाहिए।

ट्रेड फेयर में अवश्य जाना चाहिए, क्योंकि इससे उत्पादन की पहचान बनती है तथा दूरदर्शी खरीदार मिलने की संभावना बढ़ती है। उत्पादक को अपने उत्पाद की इमेज भी बनाकर रखनी चाहिए।

DCW कास्टिक सोडा बनाने की कंपनी है। इसके जी.एम. ने अपने विक्रय प्रतिनिधियों को सारे हिंदुस्तान से बुलाया। दरअसल उनके सामने कास्टिक सोडा बेचने की समस्या थी। विक्रय प्रतिनिधियों की शिकायत थी कि उनका उत्पाद बिक नहीं रहा है। उनके इस कथन का प्रतिकार करते हुए जी.एम. ने कहा कि यह माल बिकने लगेगा तो यहीं बेच लेंगे, आप लोगों की क्या जरूरत पड़ेगी? यू मस्ट जस्टिफाई यॉर रेस्पांसबिलिटी।

हम लोग पहले कपड़ा धोने का साबुन बनाते थे, हमने टाटा कंपनी की साबुन-तेल की एजेंसी ली थी। उस जमाने में टाटा जैसी कंपनी की एजेंसी मिलना बड़े सम्मान की बात थी। लोगों ने टाटा कंपनी से शिकायत की कि आपने ऐसे आदमी को एजेंसी दी है, जो स्वयं अपना साबुन बनाता है, तो कंपनी के जी.एम. ने कहा कि वे गाँवों में जाकर अपना सस्ता साबुन बेचते हैं तथा लोगों को सोप माइंडेड बनाते हैं, ताकि वे हमारा अच्छा साबुन खरीद सकें।

एक अपना अनुभव लिखता हूँ। हमारे पास पारले बिस्कुट की एजेंसी थी। पारले का माल उधार भी नहीं बिकता था। ब्रिटेनिया बिस्कुट अपना माल नगद बेचता था। मैंने सोचा कि पारले के माल की क्वालिटी अच्छी है तो बिकता क्यों नहीं? मैं बाजार में गया, अपने थोक खरीददारों से मिला। उनका हाल-चाल लिया। ऑर्डर लिया, तुरंत माल सप्लाई किया। कंपनी के डेंगलर

और पोस्टर दुकानों पर यथास्थान लगवा दिए। दुकान के सामने तथा जार में खुला माल भी पारले का रखवाया। मात्र तीन माह में ब्रिटेनिया की हालत खराब हो गई और पारले की बिक्री छह गुनी बढ़ गई। मेरे प्रयोग को कोई भी करके देख सकता है। सफल होना निश्चित है।

सरकार को विक्रय—प्रदेश सरकारों की हालत खस्ता है। अगर आपके उत्पाद प्रदेश सरकार ने लिया तो भुगतान में दिक्कतें आएँगी। वहाँ बिना कमीशन के न ऑर्डर मिलता है, न पैसा। मैंने अकसर उत्पादकों को फेल होते देखा है, क्योंकि उन्हें समय पर प्रदेश सरकार से भुगतान नहीं मिलता है। अत: प्रदेश सरकारों को माल बेचते समय अत्यधिक सावधानी बरतें। चाहे सरकार हो या रईस पेमेंट जो समय से दे, वही सबसे बढ़िया क्रेता है, वरना गलत एवं पैसा न चुकानेवाली पार्टी या सरकार से धंधा करना बंद कर दें। केंद्र सरकार की साख अच्छी है, पेमेंट समय से मिल जाता है।

आजकल विक्रय मैनेजर की तनख्वाह सबसे अधिक होती है। अन्य उत्पादों की प्रतियोगिता भरे वातावरण में अपना माल बेचना कठिन काम है। किसी भी उद्योग का पक्का माल समय से नहीं बिकेगा तो निश्चित रूप से उत्पादन प्रभावित हो जाएगा। किसी भी उद्योग की सफलता उसके विक्रय विभाग पर निर्भर करती है। विक्रय विभाग उत्पाद की माँग बढ़ाएगा, ताकि उत्पादन बढ़ सके। खयाल रखें, बना हुआ पक्का माल फैक्टरी में रहने न पाए। अग्रिम बेचकर रखें, ताकि उत्पादन होते ही सप्लाई हो जाए। किसी भी उद्योग का मेरुदंड उसका सफल विक्रय विभाग है।

□

हड़ताल से बचें

हड़ताल किसी का हित नहीं साधती। हड़ताल के कारण उद्योग बंद हो जाते हैं, गरीब मजदूर बेरोजगार हो जाते हैं, सरकार के राजस्व में कमी आ जाती है। उद्यमियों के उद्यम लगाने के प्रयास में विपरीत प्रभाव पड़ता है, बैंक एवं वित्तीय संस्थाओं का पैसा भी डूब जाता है। ऐसा भी देखा गया कि बिजनेसमैन अपनी पूँजी गँवाकर कर्जदार हो जाता है।

किन गलतियों के कारण हड़ताल होती है, उसका एक प्रत्यक्ष उदाहरण देता हूँ। एक कर्मचारी को रेलवे स्टेशन पर कोयले की देखभाल के लिए भेजा गया। छोटे बच्चे तथा औरतें कोयला बीनने लगीं तो वह कर्मचारी लाठी लेकर उन्हें भगाने लगा और नीचे बिछे सिगनल के तारों में उलझकर गिर गया। चोट के कारण कार्य से अनुपस्थित रहा तथा दवा और इलाज में काफी पैसा लगा। उसके मालिक ने अनुपस्थिति का पैसा काट लिया। इलाज का खर्च भी नहीं दिया और माँगने पर सवाल किया कि तुम्हें कोयले की निगरानी करने भेजा था या गिरकर चोट खाने को? कर्मचारी के प्रति मालिक के इस प्रकार के रवैए के कारण कर्मचारियों में असंतोष का बढ़ना स्वाभाविक था। इस असंतोष की परिणति हड़ताल में हो गई। मुख्य बात थी कि कर्मचारियों के प्रति नियोक्ता का दृष्टिकोण मानवीय नहीं था। याद रखें, कर्मचारी केवल पैसे के लिए काम नहीं करता। वह भी अपना मान–सम्मान रखता है। कर्मचारी के मान–सम्मान की रक्षा करना उसके मालिकों का फर्ज है। आप कोशिश

करें कि आपका कर्मचारी संतुष्ट रहे। अगर वह संतुष्ट होगा तो अपने परिश्रम से आपको अधिक उत्पाद देगा। उसकी कोई माँग भी होगी तो मिल-बैठकर उसका हल निकल जाएगा, हड़ताल करने की नौबत नहीं आएगी।

कर्मचारी किसी प्रकार की शिकायत लेकर आए तो उसे ध्यानपूर्वक सुनें तथा संतोषजनक उत्तर देने का प्रयास करें। उसकी परेशानी सुने बिना समझाने का प्रयास न करें। उसकी बात सुन लेने से उसका पात्र खाली हो जाएगा और तब वह आपकी बात ग्रहण करने की स्थिति में होगा। अधिकांश कर्मचारी केवल समस्या लेकर आते हैं और मालिकों को तंग करते हैं। ऐसी स्थिति में आप कर्मचारी से कहें कि आप समस्या के साथ आपकी अपनी दृष्टि में जो भी समाधान हो, लेकर आएँ। उसके बाद वे केवल वही समस्या लेकर आएँगे, जो वास्तविक होगी। आप विश्वास रखें कि समस्या है तो समाधान भी है, बीमारी है तो उसका इलाज भी है। केवल इस बात का ध्यान रखें कि समस्या या बीमारी को उसकी प्रारंभिक अवस्था में ही ठीक कर लें। समस्या को फुंसी से फोड़ा न होने दें।

हमेशा निशाने से ऊपर साधें तो ही निशाने तक पहुँच पाएँगे। जब भी शिक्षा ग्रहण करें तो अपने से अधिक सफल बिजनेसमैन से ग्रहण करें। हड़ताल से बचना चाहते हैं तो ऐसे बिजनेसमैन से संपर्क रखें, जिसके प्रतिष्ठान में कभी हड़ताल नहीं होती। स्वयं देखें कि उसका अपने कर्मचारियों के प्रति कैसा व्यवहार है? जब कर्मचारियों में यह भावना पैदा करेंगे कि आप उनके सुख-दुःख के साथी हैं तो उनका नजरिया भी आपके प्रति सहयोगात्मक हो जाएगा।

मालिक और मजदूर का बड़ा ही नाजुक रिश्ता है। इस रिश्ते में न तो कभी खटास आए और न कभी कमी आए। मालिक-मजदूर में किसी के प्रति अविश्वास न पनपे। कर्मचारी को समझाने में कभी क्रोध का आश्रय न लें। क्रोध में बोध समाप्त हो जाता है और वह कभी भी हित साधन नहीं करता।

कर्मचारी अगर संतुष्ट है तो वह अपनी पूरी क्षमता से काम करेगा।

बिजनेसमैन को अपने अच्छे व्यवहार, मानवीय दृष्टिकोण और उदार भावना से कर्मचारियों को संतुष्ट रखना चाहिए। हड़ताल का सीधा संबंध बिजनेसमैन के व्यवहार एवं भावना से जुड़ा होता है।

हमारे देश में किसी संपदा की कमी नहीं है। श्रम संपदा एवं बौद्धिक संपदा का हमारे पास अपार एवं अकूत भंडार है। केवल आवश्यकता है हर हाथ को काम देने की। श्रमनीति में सुधार करने पर उद्योगों को बंद होने से बचाया जा सकता है और नए उद्योगों की स्थापना संभव हो सकती है। जैसे-जैसे हमारे मजदूरों को रोजगार मिलेगा, वैसे-वैसे हमारी गरीबी मिटेगी एवं कानून व्यवस्था में निश्चित रूप में सुधार आएगा। ध्यान रखें, रोजगाररहित आर्थिक विकास सुखरहित आर्थिक विकास का पर्याय होगा। गांधीजी ने भी गरीबों को रोटी खिलाने की जगह रोजगारोन्मुख बनाने की नीति का समर्थन किया था। विज्ञान के तेजी से विकास ने स्वचालित उपकरणों की संख्या में वृद्धि की है, जिसके कारण बेरोजगारी बढ़ी है। ऐसी बेरोजगारी रोकने का एकमात्र उपाय छोटे-बड़े उद्योगों का जाल बिछाना है तथा उद्योगों को बीमार एवं बंद होने से बचाना है। ध्यान रखें, राष्ट्रहित में श्रमनीति में सुधार की कड़वी दवा का सेवन किए बगैर भारतीय अर्थव्यवस्था की सेहत नहीं सुधरेगी। हमारे देश की राजनैतिक बिरादरी श्रमनीति में सुधार के सवाल पर सत्ता में रहने पर समर्थन एवं विपक्ष में रहने पर विरोध का खेल बंद करे। सुधारों को अपनाने के लिए अब पार्टी हित में न सोचकर देशहित में सोचना पड़ेगा।

उद्यमियों को एक पद की आवश्यकता के लिए कई-कई बार विज्ञापन निकालना पड़ता है। आवेदन बहुत आते हैं, लेकिन योग्य व्यक्ति नहीं मिलते। पढ़े-लिखे हैं, लेकिन योग्यता में कमी के कारण उनका चयन नहीं हो पाता। हमें देखना होगा कि हमारी शिक्षा योग्य व्यक्ति क्यों नहीं बना पाती? योग्य व्यक्ति बनाने के लिए शिक्षा में सुधार की आवश्यकता है। हम रोजगार नहीं दे सकेंगे तो गरीबी बढ़ेगी। अभाव में जीना आदमी का स्वभाव नहीं है, अतः वह गलत रास्ता चुन लेता है। राष्ट्रीय चरित्र में कमी के कारण हम राष्ट्रीय

संपत्ति को नुकसान पहुँचाने पर गर्व का अनुभव करते हैं। हमारी यह प्रवृत्ति भी राष्ट्रीय विकास में बाधक है। देशवासियों में राष्ट्रप्रेम की भावना भरना आवश्यक है। देशवासियों को यह बोध कराना होगा कि 'राष्ट्र देवो भव' की भावना ही सर्वोपरि है। राष्ट्रप्रेम की भावना जाग्रत् होने पर स्वदेशी माल हितकर लगेगा। विदेशी माल की चाहत में कमी आएगी।

□

सफल बिजनेसमैन बनने के अठारह सूत्र

हम रास्ता चलते ठोकर क्यों खाते हैं? कारण, सँभलकर नहीं चलते, किंतु कोई बिजनेसमैन व्यापार में असफल क्यों होता है, इसका कोई एक कारण नहीं होता। आपने बड़े नामी-गिरामी लोगों की सफलता के सूत्र पढ़े या सुने होंगे। आज मैं आपको एक ऐसे व्यक्ति की सफलता के सूत्रों से परिचित कराऊँगा, जो प्रसिद्ध न होते हुए भी हमें सफलता के अचूक मंत्र दे गए।

जिस व्यक्ति के सूत्रों से मैं आपका परिचय करा रहा हूँ, वे हैं श्री रामप्रसाद पोद्दार, अध्यक्ष, सेंचुरी मिल, बंबई।

पहला सूत्र समय के अंदर अपना काम पूरा करना। उनकी फैक्टरी 9 बजे से सायं 5 बजे तक चलती थी। वे ठीक 5 बजे पूरे ऑफिस की बत्ती बुझा देते थे। वे यह भी कहते थे कि जो समय सीमा में काम पूरा नहीं करता, वह नालायक है। वे हर व्यक्ति से यह अपेक्षा करते थे कि अपने काम को 9 से 5 बजे के अंदर पूरा करें।

दूसरा सूत्र वे 9 से 5 बजे के बीच आधा घंटे का टिफिन का समय देते थे। कैंटीन में सभी के साथ स्वयं पोद्दारजी भी चाय-नाश्ता करते थे। बीच में मेज पर चाय-कॉफी मँगाने की पूरी मनाही थी। उनका मानना था कि मेज पर चाय-कॉफी पीना समय

की बरबादी करना है। समय की बरबादी होगी तो काम कम होगा।

तीसरा सूत्र ऑफिस का सभी स्टाफ, चपरासी से लेकर अध्यक्ष तक पूरी यूनिफार्म में ही काम पर आते थे। यूनिफार्म साफ-सुथरी हो तथा कायदे से पहनी हो। दाढ़ी-बाल भी ठीक हों। प्रत्येक कर्मचारी हमेशा चुस्त-दुरुस्त लगे यह आवश्यक था।

चौथा सूत्र घर में व्यापार की कोई बात नहीं करते थे। उनका मानना था कि व्यापार की बात को व्यापार के क्षेत्र में व्यापार के समय में ही करें। इससे कर्मचारी में कार्यक्षमता तथा कार्यदक्षता बढ़ती है।

पाँचवाँ सूत्र उत्पादन का कार्यक्रम एवं लक्ष्य दो माह पहले ही निर्धारित कर देते थे, ताकि लक्ष्य प्राप्ति संदिग्ध न रहे।

छठा सूत्र उत्पादित माल की अग्रिम बिक्री करके रखते थे, ताकि उत्पादित माल हाथ-का-हाथ खरीददार को भेजा जा सके और स्टॉक में न रहे। ऐसा करने से लागत कम आती थी और उत्पादन व रख-रखाव के खर्च में बचत होती थी।

सातवाँ सूत्र उत्पादित माल की क्वालिटी में किसी प्रकार का समझौता बरदाश्त नहीं था। उत्पादित माल की क्वालिटी बनी रहे, उसके लिए कच्चे माल की क्वालिटी भी खरीदते समय पूरी सावधानी से देखी जाती थी। अगर उत्पादित माल की क्वालिटी में किसी कारण से कमी आ गई तो उसे द्वितीय श्रेणी का बताकर अलग से रिबेट (छूट) देकर बेच दिया जाता था।

आठवाँ सूत्र अपने सभी कर्मचारियों को संतुष्ट रखने के साथ ही काम में पूरी कठोरता बरतना। वे सभी कर्मचारियों के सुख-दुःख के

साथी थे। यही कारण था कि सभी कर्मचारी अपनी पूरी क्षमता एवं दक्षता से कार्य करते थे।

नौवाँ सूत्र अपने उत्पादित माल के विक्रय हेतु उन्होंने सारे देश में एजेंट नियुक्त कर रखे थे। फैक्टरी में कोई समस्या आने पर यदि उनको माल की सप्लाई नहीं कर पाते थे तो एजेंट के ऑफिस का खर्चा क्षतिपूर्ति के रूप में फैक्टरी स्वयं बरदाश्त करती थी। फैक्टरी द्वारा एजेंट का इतना ध्यान रखना देखने में कम मिलता है।

दसवाँ सूत्र इनकी फैक्टरी में अनुशासन को देखकर सरकार ने इनको पहले कैप्टन की उपाधि प्रदान की, बाद में मेजर की, यानी उन्हें लोग मेजर रामप्रसाद पोद्दार कहते थे।

ग्यारहवाँ सूत्र श्री पोद्दारजी अपने सिद्धांत के इतने पक्के थे कि अपनी बात अपने मालिकों से भी मनवा लेते थे। इनके मालिक बिड़लाजी श्री पोद्दार का अत्यधिक सम्मान करते थे, इनकी बातों को बड़े ध्यान से सुनकर स्वीकार करते थे।

बारहवाँ सूत्र कार्य साख निर्माण का था। पोद्दारजी अपनी मिल का कपड़ा यूरोप में निर्यात करते थे। रूस की खरीद आती तो ऑर्डर में लिखा होता कि रूस को सेंचुरी मिल का ही कपड़ा चाहिए। इनकी सेंचुरी मिल के कपड़े की इतनी साख थी कि देश में ही नहीं, विदेशों में भी माँग बनी रहती थी।

तेरहवाँ सूत्र सूती वस्त्र निर्माण में देश में कॉटन की कमी को देखते हुए सरकार ने कपड़े में 15 प्रतिशत स्टेपुल धागा मिलाने की अनिवार्यता कर दी थी तथा कपड़े पर शत-प्रतिशत 'सूती धागा से निर्मित' लिखने की सुविधा दे रखी थी। जो मिल 15 प्रतिशत स्टेपुल धागा नहीं मिलाती थी, उसे जुर्माना देना पड़ता था। श्री पोद्दार अपने सिद्धांत के पक्के थे। इन्होंने

15 प्रतिशत स्टेपुल धागा मिलाकर '100 प्रतिशत सूती धागे से निर्मित' लिखने से इनकार कर दिया। सरकार को जुर्माना भरते रहे। 15 साल तक लगातार जुर्माना भरा। जब सरकार द्वारा यह अनिवार्यता समाप्त कर दी गई तब सरकार ने इन्हें पुरस्कार देकर सम्मानित किया। ईमानदारी के साथ समझौता करना इन्हें स्वीकार नहीं था, भले ही जुर्माना भरना पड़े, यह था श्री पोद्दारजी का साफ-सुथरा अनुकरणीय चरित्र।

चौदहवाँ सूत्र वाराणसी में श्री दीनदयाल जालान के यहाँ सेंचुरी मिल का कपड़ा आता था। श्री पोद्दारजी वाराणसी आए और श्री जालान से मिले। श्री जालानजी ने कपड़े पर छपाई में अंतर बताया और कहा कि एक ही कपड़ा अलग-अलग स्थानों पर मिल का मार्का बदलकर दिया जाता है तथा मूल्य में भिन्नता भी रहती है, ऐसा क्यों? वही कपड़ा जब किसी को कम रेट में आप बेचेंगे तो हमसे ऊँचे रेट में कौन खरीदेगा? श्री पोद्दारजी ने सारी समस्या सुनी एवं समझी। अपनी मिल की इस समस्या से वे सर्वथा अनभिज्ञ थे। उन्होंने जालानजी से आधा मीटर कपड़ा छपाईवाला हिस्सा कटवाकर ले लिया तथा अपनी मिल में जाकर जाँच कराई। जिस उच्च अधिकारी ने ऐसा काम किया था; उसे तत्काल सेवामुक्त कर दिया।

पंद्रहवाँ सूत्र पोद्दारजी की मिल में उत्पादित कपड़े की क्वालिटी की साख श्रेष्ठतम थी। उसी प्रकार का कपड़ा बिड़लाजी की अन्य मिलों में भी बनता था, लेकिन कीमत में 10 से 17 प्रतिशत तक कम में बिकता था। अन्य मिलों में उत्पादित कपड़ों की कीमत कम होने पर भी बेचने में दिक्कत होती थी, जबकि पोद्दारजी की मिल का कपड़ा बनने से पहले ही बिक जाता था।

सोलहवाँ सूत्र पोद्दारजी का अपने अधीनस्थ कर्मचारियों पर पूरा आत्मीय प्रभाव था। प्रत्येक कर्मचारी उन्हें अपना समझता था। एक बार मिल की एक मशीन में टूट-फूट हो गई तथा उत्पादन बाधित हुआ। पोद्दारजी को कर्मचारियों ने बताया कि मशीन की खराबी ठीक होने में 4 दिन लगेंगे, पोद्दारजी प्लांट में गए, प्रभावित मशीन का जायजा लिया और आदेश दिया कि 4 घंटे में मशीन ठीक करके रिपोर्ट करें। उन्हीं कर्मचारियों ने चार दिन के कार्य को 4 घंटे में कर दिखाया और गर्व से पोद्दारजी को रिपोर्ट दी। यह है पोद्दारजी का अपने कर्मचारियों पर आत्मीय प्रभाव का फल।

सत्रहवाँ सूत्र पोद्दारजी अपने कार्यालय में अधिकारियों के साथ मीटिंग कर रहे थे। बिड़लाजी का फोन आया, वे पोद्दारजी से बात करना चाहते थे। पोद्दारजी ने कहलवा दिया कि वे अभी मीटिंग में हैं। पुनः फोन आया, फिर भी मीटिंग छोड़कर बात नहीं की। मीटिंग की समाप्ति पर गए और बिड़लाजी से बात करके सारी स्थिति स्पष्ट कर दी। श्री बिड़ला ने पोट्दारजी की कर्तव्यनिष्ठा की प्रशंसा की।

अठारहवाँ सूत्र पोद्दारजी का ड्राइवर उनके फैक्टरी जाने के समय उनकी कार से उनकी पत्नी को लेकर बाजार चला गया। पोद्दारजी ने तत्काल उसे सेवामुक्त कर दिया। ड्राइवर ने बताया कि वह माताजी की सेवा में था। पोद्दारजी ने उससे पूछा कि तुम माताजी के ड्राइवर हो या मेरे? माताजी ने ड्राइवर को रखने का आग्रह किया, तो श्री पोद्दार नहीं माने। नतीजा हुआ कि माताजी ने अनशन कर दिया। माताजी दो दिन तक अनशन पर रहीं। माताजी के अनशन पर द्रवित होकर उन्होंने इतना ही कहा कि इसे रख लेता हूँ, लेकिन अब यह मेरी

डयूटी में नहीं रहेगा। इसे कहते हैं अनुशासन और उसका कठोरता से पालन।

श्री पोद्दारजी के सारे सूत्र अत्यंत ही व्यावहारिक एवं अनुकरणीय हैं। मैं भी इन सूत्रों के महत्त्व को पूर्णतया स्वीकार करता हूँ। मेरा पूर्ण विश्वास है कि इन सूत्रों को अपनाकर कोई भी बिजनेसमैन सफल हो सकता है। इन सारे सूत्रों के मूल में उनकी ईमानदारी, अपने कर्मचारियों के प्रति आत्मीय व्यवहार, समय की पाबंदी, क्वालिटी के साथ समझौता न करना, शिकायत मिलने पर तत्काल काररवाई, कार्य-समय के अंदर कार्य संपादित करने की क्षमता एवं दक्षता का विकास और अनुशासन में किसी प्रकार की ढील न देना है। इन सूत्रों को जो अपना लेगा, उसकी सफलता को कोई नहीं रोक सकता।

□

सफल बिजनेसमैन बनने के लिए हँसें और स्वस्थ रहें

जीव-जगत् में हँसने एवं बोलने का अधिकार केवल मनुष्य को मिला है। अगर हम नहीं हँसते तो मनुष्य ही नहीं हैं। मानव बिना हँसी एवं विनोद के रह ही नहीं सकता। महात्मा गांधीजी तनाव के क्षणों में भी मजाक करने से नहीं चूकते थे। उनका कहना था कि अगर मैं हँसना नहीं जानता तो कब का पागल हो जाता। हँसने के लिए मस्ती आवश्यक है। विनोदी जीव सदैव मस्त रहता है, साथ ही वह दूसरों को भी हँसाता है। सदैव हँसमुख रहें, चाहे दुःख हो या सुख। मात्र मुसकराने से काम नहीं चलेगा, खूब जोरों से हँसें, ठहाके पर ठहाके लगाएँ, स्वयं हँसे और दूसरों को हँसाएँ। हँसी मुफ्त की दवा है।

डॉ. रेमंड मूडी का कथन सार्थक है कि हँसने से सेहत अच्छी रहती है। अमरीकन डॉ. विलियम क्राइ का कहना है कि ठहाके लगाने से दर्द, विशेषरूप से सिरदर्द में कमी आती है, पाचन संस्थान एवं फेफड़ों की कसरत हो जाती है और ये अंग स्वस्थ बने रहते हैं। मनोरोगों के लिए ठहाके रामबाण हैं।

इस मशीनी जिंदगी ने तथा विज्ञान की नित्य नई उपलब्धियों ने दो पीढ़ियों के मानसिक धरातल को इतना प्रभावित किया है कि दो पीढ़ियाँ साथ रहने में तनावग्रस्त हो जाती हैं। मैंने गरीब से गरीब घराने से लेकर अमीर से अमीर घराने को निकट से देखा है। सभी जगह एक ही समस्या है

कि पिता की निगाह में पुत्र नालायक है एवं पुत्र की निगाह में पिता बेकार है। ठीक इसी प्रकार, सास की निगाह में बहू नालायक तथा बहू की निगाह में सास बेकार है। परिणामस्वरूप परिवार में तनाव, हताशा, निराशा और चिंता व्याप्त हो जाती है। दोनों पीढ़ियों को समझ में नहीं आता कि क्या करें? यह तनाव और चिंता परिवार में अशांति और बीमारी का कारण बनती है। यहीं वे जीवन जीने का आनंद खो देते हैं।

इस प्रकार की चिंताओं से मुक्त होने का उपाय क्या है? जो होता है, उसे होने दीजिए। तनाव, चिंता एवं अशांति से समस्याएँ सुलझनेवाली नहीं हैं। अपनी मस्ती और प्रसन्नता को क्यों कम होने देते हैं? हँसते रहना और मस्त रहना चिंतामुक्त होने का एकमात्र उपाय है। कभी-कभी पारिवारिक समस्याएँ समय पाकर अपने आप दूर हो जाती हैं। अगर चिंता ने बीमार बना दिया तो पुनः मस्ती और प्रसन्नता भी उतना स्वास्थ्य नहीं दे सकतीं, जितना बिना बीमारी के मिलता था। अतः किसी भी परिस्थिति में रहें, अपनी मस्ती एवं प्रसन्नता में कमी न आने दें। यह मानकर चलें कि दूसरे पक्ष को हमसे शिकायत है तो अवश्य हममें कमी होगी। प्रत्येक व्यक्ति जब इस प्रकार सोचने लगेगा तो तनाव और चिंता में कमी आएगी। जब तक हम दूसरे को गलत और अपने को सही मानते रहेंगे, समस्या का निदान नहीं निकलेगा।

हँसने में समय दें, यह प्राण का संगीत है। समय दें सोचने में कि यह शक्ति का स्रोत है। खेल के लिए समय दें, यह यौवन का रहस्य है। पढ़ने के लिए समय दें, यह ज्ञान का फव्वारा है। समय दें अपने काम में, क्योंकि यह सफलता की कुंजी है। समय दें मित्रता में, यह आनंद की राह है। स्वयं को व्यस्त रखें तो मस्ती मिलेगी। हँसी के अवसर से न चूकें। जोरदार ठहाके लगाएँ, फिर देखें कॉलेस्ट्रॉल में कितनी कमी आती है, रोग प्रतिरोधक शक्ति कितनी बढ़ जाती है। इससे हृदय रोगों से निजात मिलती है। इंसुलिन का स्राव उचित मात्रा में होने से मधुमेह में कमी आती है और सबसे बड़ी बात है कि हमारे ठहाके हमें चिंता, तनाव एवं अशांति से मुक्त करते हैं।

काका हाथरसी विश्व के प्रथम व्यक्ति थे, जिन्होंने अपनी वसीयत में लिखा, ''मेरे मरने के बाद कोई रोएगा नहीं। लोग मेरी शवयात्रा में ठहाके लगाते जाएँगे। दाह संस्कार में हास्य के श्लोक पढ़े जाएँगे और हास्य कवि सम्मेलन का आयोजन श्मशान घाट पर ही होगा।'' ऐसा ही हुआ। देश के प्रसिद्ध व्यंग्यकार अशोक चक्रधर के संचालन में श्मशान घाट पर हास्य कवि सम्मेलन हुआ। लोगों ने ठहाके लगाकर काका को अंतिम विदाई दी। हास्य कवि ने मौत भी हँसकर पाई, यमदूत रोते रह गए। काका की मान्यता थी कि जिस व्यक्ति ने जीवनभर सबको हँसाया, वह क्या अंतिम समय में सबको रुलाकर जाएगा? अंतिम यात्रा तक भी खूब जमकर हँसो।

एक बार काका बनारस आए तो मेरे घर पर ठहरे। मैंने काका से कहा कि आपको अभी तक 'पद्मश्री' का खिताब नहीं मिला तो उन्होंने कहा, ''झुनझुनवालाजी, भारत सरकार के लोग आए थे कि सरकार आपको पद्मश्री देना चाहती है तो मैंने कहा कि नहीं चाहिए। भारत सरकार अगर देना ही चाहती है तो मुझे 'जयश्री टी' दे दे।'' हम लोग हँसते-हँसते लोटपोट हो गए।

शेक्सपीयर ने भी कहा है, ''प्रसन्नचित्त आदमी अधिक जीता है। दुःखी, चिंताग्रस्त और उदास चेहरा सभी को ऐसा मायूस करता है, जैसे कोई मौत की खबर लेकर आया हो।'' इसी प्रकार, स्वेट मार्टेन के अनुसार, ''हँसी जीवन का शुभ प्रभात है। यह शीतकाल की धूप है तो गरमी की तपती दोपहर की सघन छाया। इससे आत्मा खिल उठती है। इससे आपको आनंद तो मिलता ही है, दूसरों में भी आनंद प्रवाहित होता है। हास-परिहास पीड़ा एवं निराशा का दुश्मन है। यह दुःखों के लिए रामबाण है।''

यदि मनुष्य हँसने का प्राकृतिक रहस्य समझ ले तो कभी डॉक्टर, चिकित्सक या वैद्य के पास जाने की आवश्यकता नहीं पड़ेगी। प्रसन्नता पानेवाला मालामाल हो जाता है और देनेवाला कभी गरीब नहीं होता। हँसने से जीवन की नीरसता, एकाकीपन, दूषित भावना, थकावट, मानसिक तनाव

और शारीरिक दर्द में राहत मिलती है। पश्चिम के विकसित राष्ट्रों में कई चिकित्सकों ने 'लाफिंग थेरेपी' के द्वारा उपचार करना शुरू कर दिया है। इस समय हमारे देश में भी हजारों लाफिंग क्लब चल रहे हैं। लाफिंग क्लबों की शुरुआत बंबई से हुई। उनकी ख्याति अब विदेशों तक पहुँच गई है। शायद यही कारण रहा होगा कि 'अकबर द ग्रेट' ने बीरबल को अपना दरबारी ही नहीं, अपना मित्र बनाया। अकबर की सफलता के पीछे उसका हास्य प्रेम भी रहा होगा। बिड़ला परिवार में भी दोपहर का भोजन सब लोग साथ करते थे। उनके साथ में बीरबल सरीखा व्यक्ति जरूर बैठता था, जो सभी को हँसाता एवं प्रसन्नचित्त रखता था।

संसद् में भी हास्य के प्रकरण आते हैं, गंभीर विषयों पर चिंतन के समय हास्य का प्रकरण संजीवनी की तरह काम करता है। बड़े-बड़े कथावाचक; जैसे-श्री मोरारी बापू श्री रमेश भाई ओझा, श्री किरीट भाई आदि अपनी कथाओं में थोड़ी-थोड़ी देर में हास्य का सम्मुट अवश्य देते हैं, जिसके कारण एक तो सोता हुआ व्यक्ति जग जाता है, दूसरा, हास्य कथा को रोचक बना देता है। एक कथा में मोरारी बापू सुना रहे थे कि किसी ने पूछा कि विवाह में हर चीज लाल रंग की क्यों होती है? जैसे--टीका लाल रोली का, हाथ में सूत्र बाँधते हैं, लाल रंग का, विवाह का निमंत्रण पत्र भी लाल रंग में, पगड़ी भी लाल रंग की आदि। तो बापू ने कहा कि लाल रंग खतरे का निशान है और विवाह भी एक खतरा है। इसी प्रकार, किरीट भाई सुना रहे थे कि एक व्यक्ति हुक्का गुड़गुड़ा रहा था। हुक्के का चूल्हा काफी दूर था और उसकी नली बहुत लंबी थी। किसी ने पूछा कि हुक्के का चूल्हा इतनी दूर क्यों? तो उन्होंने कहा कि 'व्यसन' से जितना दूर रहो, अच्छा है। इस प्रकार के प्रकरण तो बहुत से हैं। सही बात तो यह है कि हास्य के कारण जंतु प्रकृति का मनुष्य भी जीवंत हो जाता है। हास्य उसी प्रकार काम करता है, जैसे सूखे पेड़ में पानी देने से उसमें हरियाली आ जाती है। स्वयं को हमेशा प्रसन्न रखते हुए औरों को प्रसन्न रखना है तो हास्य-व्यंग्य के अवसर मत चूकिए। हास्य के कारण

मित्रता बढ़ेगी, परिचय बढ़ेगा। जहाँ भी जाएँगे, आपको लोग सुनना चाहेंगे। हर व्यक्ति अपनी ही परेशानियों के कारण परेशान है। हर व्यक्ति चाहता है कि निराशा के बीच कोई आशा की किरण खिल जाए। उदासी के समय उमंग आ जाए। नीरसता के समय सरसता आ जाए। निराशा, उदासी, नीरसता को दूर करने का एकमात्र उपाय है 'हास्य'। आप सफल बिजनेसमैन बनना चाहते हैं तो हँसने एवं हँसाने की कला का अपने में विकास कीजिए। हँसने से तनाव कम होता है तथा कार्यशक्ति बढ़ती है। मुरझाए चेहरे किस काम के? जैसे मुरझाए फूल फेंक दिए जाते हैं, उसी प्रकार उदासी, नीरसता, हताशा, संशय कार्यशक्ति को दूर फेंक देते हैं। ये कार्य में बाधक तत्त्व हैं। आप प्रसन्न रहें तथा औरों को भी प्रसन्नता प्रदान करें।

□

दांपत्य जीवन का प्रभाव

विवाह से पहले कन्यापक्ष तथा वरपक्ष में कितना उत्साह, उमंग और उल्लास रहता है। विवाह की तैयारियाँ महीनों पहले से चालू हो जाती हैं। विवाह भले ही तय न हो, लेकिन विवाह के निमित्त तथा मनपसंद चीजें खरीदकर रखने की व्यवस्था दोनों पक्ष करते हैं। विवाह के समय सभी रिश्तेदारों, मित्रों, परिवारों, परिचितों आदि को आमंत्रित करते हैं, ताकि इस समय उल्लास के वातावरण में सभी सम्मिलित हो सकें। विवाह के साक्षी गाँव-समाज, मित्र, परिवार, रिश्तेदार आदि होते हैं। अग्नि को साक्षी मानकर विवाह के पवित्र बंधन में बँधते हुए हम कामना करते हैं कि यह गठबंधन आजीवन सुरक्षित रहे। विदेशों में पत्नी को 'बेटर हाफ' का दरजा दिया जाता है। अगर 'बेटर हाफ' का यह कांट्रेक्ट आजीवन रहता तो बात समझ में आती, लेकिन वहाँ कब, किस बात को लेकर तलाक हो जाएगा, कोई नहीं जानता। एक स्त्री-पुरुष कितनी बार विवाह करते हैं, इसकी भी कोई संख्या निर्धारित नहीं है।

पहले हमारे देश में इक्का-दुक्का तलाक की बात आती थी। अब तलाक की हवा यहाँ भी चल पड़ी है। प्रेम विवाह की संख्या भी बढ़ गई है। घर के लोग जब प्रेम विवाह की स्वीकृति दे देते हैं, तब धूमधाम से वैदिक रीति से विवाह होता है; लेकिन स्वीकृति न मिलने पर कोर्ट मैरेज कर लेते हैं। विवाह किसी भी रीति से हो, होता है बड़े आनंद एवं उल्लास के

वातावरण में। पति को पत्नी चंद्रमुखी दिखाई देती है और पत्नी की निगाह में पति उसका परमेश्वर होता है।

विवाह सृष्टि के क्रम को आगे बढ़ाने के लिए आवश्यक है। विवाह के बिना स्त्री-पुरुष दोनों अधूरे हैं। दोनों मिलकर एक-दूसरे को पूर्णता प्रदान करते हैं। दोनों अर्धांग यानी आधे हैं और दो आधे मिलकर पूर्ण होते हैं। पत्नी का स्थान पुरुष के वामांग में क्यों है? कारण हृदय (दिल) बाईं तरफ होता है। प्रेम का निवास दिल में होता है। अतः पत्नी को प्रेम का मूर्तिमान रूप कहा जाता है। पत्नी घर का काम देखती है, बच्चों का लालन-पालन करती है तथा पुरुष आय के लिए उद्योग-व्यापार या नौकरी करता है। दोनों के मिलने पर ही गृहस्थ जीवन का प्रारंभ होता है। पत्नी अपने पति के आने की नित्य प्रतीक्षा करती है और पति अपने काम के पश्चात् अपनी पत्नी एवं बच्चों के बीच शीघ्र पहुँचने के लिए आतुर रहता है। पति-पत्नी का यह प्रेम एवं आकर्षण स्वाभाविक है। आजकल हो क्या रहा है? पति-पत्नी के संबंधों में प्रेम एवं आकर्षण के स्थान पर कटुता क्यों और कैसे आ गई, संबंधों में यह खिंचाव कैसे समाप्त हो, इसकी चर्चा हम आगे करेंगे।

पति-पत्नी को जब आजीवन साथ रहना है तो यह संकल्प लेना होगा कि प्रेम से रहेंगे। सारी विभिन्नताओं में भी अभिन्नता का सूत्र खोजना होगा और दोनों पक्षों को अपनी-अपनी कमी पहले देखनी होगी तथा उसे दूर करना होगा। दूसरे की कमी, जब तक बताते रहेंगे, संबंधों में कड़ुवाहट बनी रहेगी तथा कभी मिठास नहीं आएगी। दुनिया में सबसे आसान काम है, दूसरे की कमी देखना और आलोचना करना तथा सबसे कठिन काम है स्वयं को सुधारना। जब तक व्यक्ति स्वयं नहीं सुधरेगा, दूसरों को सुधारने का प्रयास दिवा-स्वप्न की भाँति रहेगा। दूसरा सूत्र है, समझाने का प्रयास बंद करें, एक-दूसरे के कष्ट को समझने का प्रयास करें। बिना समझे-सुने, आपका समझाने-सुनाने का प्रयास बेकार होगा, क्योंकि दोनों के अंदर का स्थान तो समझाने एवं सुनाने के लिए भरा पड़ा है। भीतर के पात्र को समझ एवं

सुनकर खाली होने दीजिए, जब भीतर का पात्र खाली होगा तो ही आपकी बात भीतर समाएगी, वरना ओवर फ्लो हो जाएगी। तीसरा सूत्र है, दोनों पक्ष हमेशा खुद को ही सही न समझें। सारी विषमताओं की जड़ यही है। दूसरे की सुनने-समझने के बाद अगर यह समझ में आता है कि दूसरा पक्ष गलत है तो उसकी गलती न बताकर अपनी बातों को सहज, सरल एवं तार्किक ढंग से उसके गले उतारने का प्रयास करें। फिर भी गले न उतार सकें तो प्रतीक्षा कीजिए। बहुत सी समस्याएँ समय पाकर अपने आप समाप्त हो जाती हैं। किसी भी कारण से बिगड़कर, मारपीट कर या गाली-गलौज कर समझाने का प्रयास कतई न करें। अगर ऐसा करेंगे तो नतीजा होगा कि आप उसको समझा तो नहीं पाएँगे, आपसी संबंधों में कड़ुवाहट का बीजारोपण कर देंगे। यही बीजारोपण आगे पल्लवित होकर तलाक के रूप में फलित होगा। अतः ऐसी स्थिति न आने दें। हम हमेशा कमजोर पक्ष पर हाथ उठाते हैं। अगर सामनेवाला हमसे मजबूत है तो उस पर न हम हाथ उठाएँगे, न अपशब्द कहेंगे। अपनी पत्नी-बच्चों को कमजोर समझकर हाथ उठाने एवं अपशब्द कहने के प्रयास से विरत रहें। अकसर पत्नी की माँग को पूरा करने में पति कतराते हैं, लेकिन यह समझना जरूरी है कि पत्नी की माँग को पूरा करने की जिम्मेदारी पति की है, क्योंकि पति ने ही पत्नी की माँग भरी है। अब उस माँग की पूर्ति भी उसे ही करनी पड़ेगी।

यह भी देखा गया है कि पति अपनी पत्नी के माता-पिता तथा परिवारवालों के प्रति भी अपशब्द कहते हैं, यह सर्वथा अनुचित है। कभी पत्नी के परिवारवालों के लिए अपशब्दों का प्रयोग न करें। जब तक आप ऐसा करते रहेंगे, आपके घर में सुख-शांति नहीं रहेगी, पति-पत्नी में खिंचाव बना रहेगा। पत्नी भी अपने माता-पिता तथा परिवार की तारीफ अपने ससुराल में करने से परहेज रखे। इस तरह के व्यवहार से भी सुख-शांति में कमी आती है और पारस्परिक दूरियाँ बढ़ती हैं। शादी के बाद पत्नी को अपनी ससुराल को ही अपना मुख्य घर मानना चाहिए तथा पत्नी के माता, पिता या भाई को

उसकी ससुराल में हस्तक्षेप या आलोचना से परहेज करना चाहिए। पत्नी के माता-पिता को हमेशा यही सीख देनी चाहिए कि अब तेरे माता-पिता तेरे सास-ससुर ही हैं तथा तेरे भाई-बहन तेरे जेठ-देवर तथा ननद ही हैं। पत्नी को सुख उसकी ससुराल ही देगी, अतः ससुराल में ही वह सुख-शांति खोजे। पति भी अपने ससुराल से धन की अपेक्षा न करें। अपनी पत्नी को ही दहेज समझकर प्यार करें। अगर अपेक्षा करेगा तो धन मिले या न मिले, उसका दांपत्य जीवन निश्चित रूप से अशांत हो जाएगा। पति को यह मानकर चलना चाहिए कि इस परिवार ने अपनी कन्या मुझे दी है, यही मेरे लिए सबसे बड़ी संपत्ति है। ऐसी स्थिति में पति, जब ससुराल जाएगा तो वहाँ दामाद की तरह उसे पूरा सम्मान मिलेगा तथा पत्नी को भी अपने पीहर में माता-पिता एवं परिवार का सहज प्यार तथा सुख मिलेगा।

पति हमेशा यह अनुभव करे कि मेरी सफलता का रहस्य मेरी पत्नी की प्रेरणा ही है। पति-पत्नी को जब साथ रहना है तो एक-दूसरे की कमजोरियों के साथ निर्वाह करना होगा।

अपना स्वास्थ्य दोनों को हमेशा ठीक रखना चाहिए। स्वास्थ्य को ठीक रखने के लिए सूर्योदय के पहले उठना, प्रातः भ्रमण करना, थोड़ा योग करना, संतुलित भोजन करना, गरिष्ठ भोजन से परहेज करना तथा मन को भी शांत रखना आवश्यक है। मन में भी अनावश्यक तथा दूसरों के प्रति गलत विचारों को न आने दें। जब तक मन ठीक रहेगा, आप स्वस्थ रहेंगे। उम्र कितनी भी हो, अपने प्रयत्न से खुद को स्वस्थ एवं सुखी रख सकते हैं। बीमार होने पर परिवार में असंतुलन बढ़ेगा और जिंदगी जीने का मजा नहीं आएगा। जिंदगी को कभी बोझ न समझें। भगवान् से कभी यह प्रार्थना न करें कि प्रभु अब हमको जल्दी उठा लो। कभी आत्महत्या के विचार को भी मन में न आने दें। जिंदगी जीने के लिए है। जिंदगी की रंगीनी का भरपूर आनंद लें। आध्यात्मिक पुस्तकों को जरूर पढ़ें। उनके पढ़ने से जीवन को एक दिशा मिलेगी। आपस में हँसी-मजाक करते रहना चाहिए, ताकि उमंग एवं उल्लास

का वातावरण बना रहे।

हर हिंदू परिवार में पत्नी की इच्छा रहती है कि पति के सामने ही मेरी मृत्यु हो। मुझसे मेरी पत्नी ने यह इच्छा व्यक्त की तो मैंने पत्नी से कहा कि जब तक तुम्हें देखता रहूँगा, मेरी मृत्यु नहीं होगी। तुम देखने लायक बनी रहो, यानी स्वस्थ रहो। मैं नियमित प्रात: भ्रमण तथा योग भी इसीलिए करता हूँ कि आयु लंबी हो। अत: तुम निश्चिंत रहो। आदि गुरु शंकराचार्य के अद्वैत मत का प्रतिपादन व्यावहारिक जगत् में पति-पत्नी का संबंध ही करता है, यानी दो शरीर होकर भी एक हैं, यही अद्वैत मत है। हमेशा अपना अद्वैत भाव बनाए रखें। जब साथ हो तो कमियाँ नहीं, गुणों की चर्चा करें। गुण देखेंगे तो कमियाँ अपने आप दूर हो जाएँगी। एक संन्यासी से सद्गृहस्थ होना ज्यादा कठिन है। विवाह के यज्ञ में स्वार्थ की आहुति दे दो—प्रेम प्रकट हो जाएगा। नारी शक्ति है एवं पुरुष शक्तिमान है। शक्ति के बिना शक्तिमान का अस्तित्व नहीं और शक्तिमान के बिना शक्ति के लिए कोई स्थान नहीं। पति-पत्नी दोनों यह समझें कि भोगों से कभी सच्चा सुख नहीं मिल सकता। त्याग एवं कर्तव्यपालन से ही सच्चे सुख की प्राप्ति होती है। हमें जिस व्यवहार से कष्ट होता हो, वह व्यवहार दूसरे के साथ कभी नहीं करना चाहिए। यह सफलता का सार तत्त्व है। पति को यह मानना चाहिए कि पत्नी मेरी सहधर्मिणी है, मित्र है, गुलाम नहीं है। ऐसा कोई काम न करें कि दूसरा पक्ष अपने को अपमानित अनुभव करे। जिसे अपने अनुकूल बनाना हो, हमें पहले उसके अनुकूल बनना चाहिए। उसकी आलोचना न करके उससे प्रेम करना चाहिए। उसकी अच्छी बातों का हृदय तथा वाणी से समर्थन करना चाहिए।

ध्यान रखें, विवाद या कलह एक ही ओर से नहीं होता। कोई-न-कोई कारण दोनों ओर से होता है। यदि दोनों ओर के कारण ठीक-ठीक अध्ययन करके दूर करने की चेष्टा की जाए तो विवाद की जड़ कट सकती है।

□

कर्म पर भरोसा करें या भाग्य पर

अनेक लोग शुद्ध रूप से भाग्यवादी होते हैं। भाग्यवादी कहेगा मेरी तकदीर में जिस समय और जितना मिलना लिखा है, उतना ही उस समय मिलेगा। जो कुछ भी मिलेगा, भाग्य के भरोसे मिलेगा, न कि कर्म के भरोसे। कब और कितना क्या मिलेगा, यह भाग्यवादी कभी नहीं बता पाएगा। अतः ऐसे भाग्य का आश्रय न लें, जिसके समय, स्वरूप एवं मात्रा के बारे में आप अनभिज्ञ हैं। जब भी भाग्यफल मिले, मिलने दीजिए। उसके आश्रित न रहें, उसकी प्रतीक्षा न करें।

ऐसे भी लोग मिलते हैं, जो सड़क के किनारे एक रुपया देकर सुग्गे (तोता) से अपने भाग्य में लिखा निकलवाकर पढ़ते हैं। सोचने की बात है, क्या इन लिफाफों में सारे संसार का भाग्य कैद है? क्या उस भाग्य लेखन में लेशमात्र भी सच्चाई होगी? रेलवे स्टेशन पर तौलने की मशीन लगी रहती है। उसमें बिजली के बल्ब चौबीसों घंटे जलते-बुझते रहते हैं। उस मशीन में एक रुपया डालने पर एक टिकट निकलता है, जिसकी एक तरफ वजन लिखा रहता है और दूसरी तरफ तुलनेवाले का भाग्य लेख। अब आप ही बताएँ कि उस मशीन का आपके भाग्य से क्या लेना-देना? टिकट में भाग्य पहले से ही छपा होता है और उस समय आपकी जगह उस वजन का कोई भी होता, उसको भी वही टिकट मिलता। ऐसा तो संभव नहीं कि दोनों का भाग्य एक सा हो? मशीनों के छपे टिकट पर अपने भाग्य के फलादेश को

पढ़ना पूरी तरह से मूर्खता है।

एक बार किसी सज्जन ने पूछा कि दुनिया का सबसे बड़ा ज्योतिषी कौन है? तो उत्तर आया कि जो यह बता दे कि कल क्या होनेवाला है? अगर घटना घट गई तो उसका बड़ा ज्योतिषी होना पक्का हो गया, घटना घटित न होने पर वह, यह बता देगा कि घटना क्यों नहीं घटी? इस प्रकार के ज्योतिषी तो हम-आप भी हो जाएँगे।

मैं बनारस में रहता हूँ। एक बार कलकत्ता गया। मेरे बचपन का साथी कलकत्ता में रहता था और वह निस्संतान था। उसकी माताजी ने मुझसे कहा कि तुम बनारस में रहते हो, वहाँ अच्छे ज्योतिषी हैं, इसकी कुंडली का फलादेश हमको भेजो। मैं अपने साथी की कुंडली बनारस लेकर आ गया। उस समय बनारस में एक बहुत ही प्रसिद्ध ज्योतिषी थे, जिनके पास भृगुसंहिता थी। उनका नाम पं. गया प्रसादजी था। वे मेरी ही उम्र के थे। पं. गया प्रसादजी की शोहरत इतनी थी कि उत्तर प्रदेश के उस समय के राज्यपाल श्री कन्हैयालाल माणिकलाल मुंशी उनके परम भक्त थे। पंडित गया प्रसादजी का लखनऊ के राजभवन में बराबर जाना-आना था और राज्यपाल महोदय उन्हें बड़े सम्मान से बुलाते थे। मैंने मित्रतावश कलकत्तेवाली कुंडली गया प्रसादजी को दे दी, ताकि वे उसका फलादेश बता सकें। पहले तो महीनों तक हमें लटकाए रखा, बाद में उन्होंने मुझसे पूछा कि लड़के के दादा का क्या नाम है? मैंने कहा कि वह तो कुंडली में ही लिखा रहता है। तो उन्होंने कहा कि इस कुंडली में नहीं है, आप पूछकर बता दें। मैंने उन्हें पूछकर बता दिया। बार-बार याद दिलाने पर उन्होंने एक दिन फलादेश के लिए बुलाया। जो फलादेश वे सुना रहे थे सब गलत थे। उन्होंने कहा कि अब आप कुंडली लेते जाएँ, फिर कभी बुला लूँगा। जब कुंडली मिली तो उसमें लिखा पुत्रस्य जाता एवं प्रपुत्रस्य जाता, यानी पिता एवं दादा का नाम काटकर निकाल दिया गया था। तब समझ में आया कि विद्वान् राज्यपाल द्वारा प्रशंसित ज्योतिषी भी इतनी बड़ी चार सौ बीसी कर सकता है। तब से मेरा ज्योतिषियों पर से भरोसा उठ गया।

राजा बलदेवदास बिड़ला (श्री घनश्यामदास बिड़ला के पिता) को किसी ज्योतिषी ने बता दिया कि आपकी उम्र 45 साल है। वे अपना कारोबार छोड़कर और अपने बच्चों को सब सुपुर्द कर काशीवास के लिए काशी आ गए। काशी का बड़ा नाम था। यह मान्यता है कि काशी में मरनेवाले की मुक्ति हो जाती है। राजा साहब की इच्छा थी कि शरीर छूटे तो काशी में ही छूटे। जब 45 की उम्र राजा साहब पार कर चुके तो 46वें वर्ष में उन्होंने पंडितजी को पुनः बुलाया, पंडितजी ने कहा कि आपकी एक और उम्र 56 वर्ष है। फिर वे काशी छोड़कर कहीं नहीं गए। जब वे 56 की उम्र पार करके 57वें वर्ष में प्रवेश कर गए तब पुनः पंडितजी को बुलाया, पंडितजी ने कहा कि राजा साहब आपकी उम्र का राज मेरी समझ में नहीं आ रहा है। राजा साहब ने पंडितजी से कहा, ''पंडितजी, आप केवल जन्मकुंडली देखना जानते हैं, कर्मकुंडली देखना सीखें। कर्म से भाग्य की रेखाएँ बदलती हैं, इसको पढ़ना सीखें।'' यह निश्चित है कि प्रत्येक व्यक्ति अपने शुभ-अशुभ कर्मों से ही अपने भाग्य का निर्माण करता है।

ज्योतिषी जब फलादेश बताता है तो पहले वह अच्छाई बताकर प्रसन्न करता है, फिर अंत में ग्रहदोष बताता है। इस ग्रहदोष शांति हेतु दान-दक्षिणा, रत्न धारण करना, पूजा-पाठ आदि बताकर अपनी कमाई करने में सफल हो जाता है।

हम सड़क के किनारे बैठे ज्योतिषियों के पास जाकर अपना फलादेश सुनते हैं, जो ज्योतिषी अपना भाग्य नहीं जानता, वह हमारा भाग्य क्या बताएगा? इसलिए हमारे विद्वानों ने हमें चार चीजों से परहेज करने की हिदायत दी है। ये चार चीजें हैं—बिना जीता मन, शत्रु की प्रीति, स्वार्थी की खुशामद एवं बाजारू ज्योतिषी की भविष्यवाणी। बाजारू ज्योतिषियों से तो हमेशा दूर रहें, उनका ज्योतिषशास्त्र से कोई लेना-देना नहीं होता।

ज्योतिष एक विज्ञान है। ज्योतिष का फलादेश हमेशा गलत नहीं होता है। यह सही भी होता है तो गलत भी। अतः फलादेश सुनकर गंभीर होने की

आवश्यकता नहीं। अपने कर्म पर विश्वास करें। यह मानकर चलें कि भाग्य भी हमारा कर्मफल ही है। कर्म का फल मिलना निश्चित है, जिस कर्म का फल तत्काल या इस जन्म में नहीं मिला, वह अगले जन्म में प्रारब्ध या भाग्य बनकर आएगा। हमारे द्वारा पूर्व में किए गए कर्म के कारण ही भाग्य बना। अत: भाग्य और कुछ नहीं, हमारा कर्मफल ही है। अत: कर्म से अपने भाग्य का निर्माण करें।

हम कर्म करने में स्वतंत्र हैं, तो फल पाने में परतंत्र हैं। भगवान् ने हमें कर्म करने के लिए इंद्रियाँ, मन, बुद्धि और विवेक प्रदान कर दिए। हम इन इंद्रियों का सदुपयोग करें या दुरुपयोग, यह हमारे बुद्धि-विवेक पर निर्भर करता है। फल पाने में हम परतंत्र हैं, क्योंकि हमें यह पता नहीं कि कौन से कर्म का फल कब, कितना और किस रूप में मिलेगा? भगवान् ने भी कर्मफल की व्याख्या नहीं की। 'गहना कर्मणो गति:' कहकर इस पर पूर्णविराम लगा दिया। अत: पूरे मन से काम करें। फल मिलना तो निश्चित है, पर इसके लालच में न पड़ें।

हे भाग्यवादियो! यह ध्यान रखो कि भाग्य पर आश्रित रहनेवाला व्यक्ति आलसी ज्यादा होता है। 'मन चंगा तो कटौती में गंगा' वाला मंत्र आलसियों का मंत्र है। परिश्रमी तो निकल पड़ेगा गंगा की ओर तथा गंगा पहुँचकर ही विश्राम लेगा। महमूद गजनी ने सोमनाथ के मंदिर को लूटने में सफलता प्राप्त की। मंदिर के पंडे-पुजारी घोर आलसी थे। उन्होंने आक्रमण का प्रतिकार नहीं किया। कहने लगे, भगवान् स्वयं हमारी रक्षा करेंगे। नतीजा कई पंडे-पुजारी मौत के घाट उतार दिए गए और मंदिर को लूट लिया गया। यदि वे आक्रमण का मुस्तैदी से सामना करते तो वे ही पंडे-पुजारी इतिहास को बदल सकते थे। ध्यान रखें, हमारा परिश्रम ही हमारी पूँजी है; हमारा आलस्य ही हमारी गरीबी है। हमने डाकुओं को महात्मा होते देखा है, लेकिन आलसियों को अमीर होते नहीं देखा।

हमारी उपलब्धियाँ क्रिया प्रधान हैं, कृपा प्रधान नहीं। भगवान् बुद्ध ने

अपने प्रमुख शिष्य आनंद से कहा, ''आनंद, तुझे मेरी कृपा या आशीर्वाद से कुछ नहीं मिलेगा। तुझे जो कुछ भी मिलेगा, अपने प्रयास एवं प्रयत्न से मिलेगा। मैं तो रास्ता दिखा दूँगा, चलना, तो तुझे स्वयं पड़ेगा।'' जब भगवान् बुद्ध जैसे पहुँचे हुए व्यक्ति की कृपा और आशीर्वाद फलित नहीं हो सकता तो मामूली पंडितों एवं गुरुओं का आशीर्वाद कितना फलित होगा, स्वयं इस पर विचार करें।

हमारा देश गुलाम क्यों हुआ? हमने श्रम से ज्यादा संन्यास को महत्त्व दे दिया। हमारी दृष्टि से कर्म से ज्यादा महत्त्वपूर्ण भाग्य हो गया। जो मुसलमान इस देश में लुटेरे बनकर आए थे, वे हमारे शासक बन गए। जो अंग्रेज व्यापारी बनकर आए थे, वे भी शासक हो गए। नतीजा इस देश ने ८०० साल की लंबी गुलामी झेली। गांधी के संघर्ष ने हमें अन्याय का प्रतिकार करने की प्रेरणा दी। अंग्रेजों को भारत छोड़ने के लिए मजबूर कर दिया। यह देश बिना खून-खराबे के स्वाधीन हो गया।

आप विश्वास रखें कि भाग्य का निर्माण कर्म से होता है। तुलसीदासजी ने भी कहा—'कर्म प्रधान विश्व रचि राखा', हमारी कोई व्यवस्था श्रमविहीन नहीं है। ब्रह्मचर्याश्रम, गृहस्थाश्रम, वानप्रस्थाश्रम एवं संन्यासाश्रम चारों अवस्थाओं में श्रम लगा है। इतना ही नहीं, विश्राम में भी श्रम लगा है। आप उतना ही आराम करें जिससे कि पुनः श्रम करने लायक हो जाएँ। हमारी गीता भी कर्मयोग का शास्त्र है। गीता ने अर्जुन के मोहजनित वैराग्य को दूर किया एवं युद्ध कर्म में प्रवृत्त कर दिया। अतः भूलकर भी भाग्य पर भरोसा न करें। अपने कर्म पर ही भरोसा करें। भाग्यफल को आने दें। उसे अपना कर्मफल समझकर स्वीकार करें। किस्मत तो उन्हीं पर मेहरबान होती है, जो कर्तव्य करने में जुट जाते हैं।

□

महान् उद्योगपति घनश्यामदास बिड़ला

श्री घनश्यामदास बिड़लाजी का नाम भारत माँ के उन सपूतों में सर्वोपरि है, जिन्होंने देश के आर्थिक भविष्य के बारे में गंभीरता से चिंतन किया और अपने अथक प्रयासों से उसे सँवारने में अपना पूर्ण योगदान दिया। भारतवर्ष में उस समय जब अर्थव्यवस्था पूर्णतया खेती पर आधारित थी, श्री बिड़ला ने श्रम के महत्त्व को समझकर अर्थव्यवस्था को सुधारने हेतु कृषि एवं उद्योग दोनों के विकास पर विशेष बल दिया। श्री घनश्यामदासजी का चिंतन केवल विचारों तक ही सीमित नहीं रहा। उन्होंने अपनी प्रगतिशील विचारधारा के साथ कर्मक्षेत्र में प्रवेश किया और संघर्ष झेलकर अपनी दिशा बनाने में सफल हुए। अपने निर्धारित लक्ष्य तक पहुँचने के लिए उन्होंने धैर्य के साथ मित्रता कर ली और अध्यवसाय को अपना परम सहयोगी बनाया। अंग्रेजों की गुलामी झेल रहे हमारे देश को औद्योगिक क्रांति की आवश्यकता थी। श्री बिड़ला ने सर्वथा प्रतिकूल एवं विषम परिस्थितियों में संघर्ष किया। उनकी मान्यता थी कि देश को राजनीतिक दृढ़ता प्रदान करने के लिए आर्थिक दृष्टि से सुदृढ होना आवश्यक है। अतः उन्होंने हर प्रकार से अपने समस्त साधनों का उपयोग करके अधिक-से-अधिक उत्पादन बढ़ाने पर बल दिया। स्वतंत्रता प्राप्ति के पश्चात् भी बिड़लाजी निरंतर देश के औद्योगिक उत्थान में ही रत रहे। उन्होंने व्यापारिक संगठनों की आवश्यकता पर बल दिया तथा उत्पादन बढ़ाने हेतु विज्ञान की नवीनतम उपलब्धियों को प्रगति का आधार बनाया।

देश के औद्योगिक जगत् में श्री घनश्यामदास बिड़ला का उदय एवं उनकी अविरल यश–यात्रा का वृत्तांत कहानियों सा प्रतीत होता है। बीस वर्ष की तरुण आयु में आत्मविश्वास से परिपूर्ण अपने लक्ष्यों के प्रति सजग एक नवयुवक बंबई से कलकत्ता आया। इस नवयुवक ने अनुभव कर लिया कि देश की समृद्धि अगर संभव है तो केवल स्वदेशी उत्पादन से। उस समय अंग्रेजी साम्राज्यवाद का दमनचक्र तेजी से चल रहा था। अंग्रेज भारतवर्ष से कच्चा माल ले जाकर विभिन्न वस्तुएँ निर्मित करके उन्हें हमारे देश में बेचते थे। इस प्रकार, वे हमें आर्थिक दृष्टि से निरंतर जर्जर एवं पराधीन कर रहे थे। सूई, धागा, ऑलपिन, बटन, निब, ब्लेड जैसी छोटी–छोटी चीजें भी विलायत से आती थीं। ऐसे समय में अपने ही देश में इन उपभोक्ता सामग्रियों का उत्पादन प्रारंभ करने तथा यहीं निर्मित सामग्रियों के प्रति उपभोक्ताओं में विश्वास पैदा करने की विशेष आवश्यकता थी। ऐसी विषम परिस्थिति में उस नवयुवक ने अपने योजनाबद्ध औद्योगिक कार्यक्रमों तथा संगठन एवं प्रबंध की अपनी क्षमताओं के समुचित उपयोग से देश के औद्योगिक उत्थान को एक ठोस आधार प्रदान किया। यह उन्हीं की सूझबूझ एवं दूरदृष्टि का परिणाम है कि हमारे देश ने दुनिया के अग्रणी औद्योगिक राष्ट्रों में अपना स्थान बना लिया।

अपने औद्योगिक जीवन के प्रारंभिक काल से ही श्री बिड़ला को विश्वास था कि किसी देश की उन्नति वस्तुतः अधिकाधिक उत्पादन पर ही निर्भर है। अतः उन्होंने उत्पादन बढ़ाने को जीवन के मूलमंत्र के रूप में ग्रहण किया। उस समय दिल्ली में एक सूती कपड़े की पुरानी मिल बिक रही थी। श्री बिड़ला ने उसे खरीद लिया और इस प्रकार, सन् 1916 में सूती कपड़े की मिल से उन्होंने सफल औद्योगिक अभियान का श्रीगणेश किया। जिसके आगे की कहानी केवल बिड़ला उद्योग के विकास का वृत्तांत न होकर भारतवर्ष के आर्थिक स्वावलंबन एवं औद्योगिकीकरण की विकास–यात्रा है।

उन्हीं दिनों ग्वालियर के महाराजा बिड़लाजी से भेंट करके इतने प्रभावित

हुए कि उन्होंने ग्वालियर में सूती कपड़े की एक मिल लगाने का निमंत्रण दे दिया। बिड़लाजी ने इसे सहर्ष स्वीकार करते हुए ग्वालियर के महाराजा के नाम, से जियाजी राव कॉटन मिल की स्थापना की। तत्पश्चात् 1918 में बिड़लाजी ने बिड़ला ब्रदर्स के नाम से पहली लिमिटेड कंपनी स्थापित की।

प्रथम विश्वयुद्ध के पश्चात् श्री बिड़ला ने जूट उद्योग की ओर अपना ध्यान केंद्रित किया। जूट उद्योग उस समय पूरी तरह से अंग्रेजों के हाथ में था। वे किसी भी भारतीय को इस उद्योग में प्रवेश नहीं देना चाहते थे। जैसे ही उन्हें ज्ञात हुआ कि कोई भारतीय कलकत्ता के उत्तरी क्षेत्र में जूट मिल स्थापित करने के लिए जमीन खरीद रहा है, उन लोगों ने उस जमीन के बीच-बीच में छोटे-छोटे प्लॉट लेने प्रारंभ कर दिए, जिससे पूरी बड़ी जमीन न खरीदी जा सके। मामला अदालत में गया और मुकदमा 'प्रिवी काउंसिल' तक चला। अंग्रेज जिस समय मुकदमे में उलझे थे बिड़लाजी ने दूसरी जमीन श्यामनगर में खरीदकर एक स्वदेशी जूट मिल की स्थापना कर दी। अंग्रेज इससे बहुत खिन्न हुए और उन्होंने श्री बिड़ला के खिलाफ एक संयुक्त मोरचा खोल दिया। कच्चे जूट की उपलब्धि श्री बिड़ला के लिए बहुत कठिन हो गई। कच्चा जूट प्रायः नदियों के रास्ते से आता था। जो भी जहाज इस काम में लगे थे, सभी अंग्रेजों के थे। उन्होंने अपने जहाज से बिड़लाजी के लिए जूट लाने में असुविधाएँ खड़ी कर दीं। बिड़लाजी ने फिर एक बार दूरदृष्टि का परिचय दिया। उन्होंने इंडियन स्टीम शिप कंपनी के नाम से एक जहाजरानी कंपनी खोल दी। केवल छोटे-छोटे जहाजों से प्रारंभ यह कंपनी उनकी कुशाग्र बुद्धि एवं सूझबूझ के परिणामस्वरूप देश की सबसे बड़ी और सबसे सफल जहाजरानी कंपनी साबित हुई। दूसरे और तीसरे दशक में सूती कपड़े एवं जूट की अन्य मिलों के साथ-साथ श्री बिड़ला ने चीनी एवं कागज उद्योग में पदार्पण किया।

द्वितीय विश्वयुद्ध के पश्चात् बिड़ला उद्योग ने दिन दूनी रात चौगुनी गति से प्रगति प्रारंभ की। सूती कपड़े एवं चीनी की नई मिलों के अतिरिक्त टेक्सटाइल

मशीनरी, मोटर गाड़ियाँ, साइकिल, बॉल बेयरिंग, पंखे, रसायन, प्लास्टिक, प्लाईवुड, वनस्पति तेल आदि के नए-नए कारखाने खोले गए। इसी समय बिड़ला बंधुओं ने चाय के बागान एवं कोयले की खानों में भी रुचि लेना प्रारंभ किया। साथ-ही-साथ उन्होंने अखबार एवं उड्डयन के क्षेत्र में प्रवेश किया। एक इंश्योरेंस कंपनी भी खोली एवं बैंक की स्थापना भी की।

पाँचवें दशक में बिड़ला उद्योग ने सेंचुरी स्पिनिंग एवं वीविंग, सीरपुर पेपर, हैदराबाद एसबेस्टस, हैदराबाद आल्विण, रामेश्वर जूट, सोआरह जूट तथा पूर्वी भारत में एयर कंडीशनिंग कॉरपोरेशन की स्थापना की। इसके अतिरिक्त सौराष्ट्र में श्री दिग्विजय वुलन मिल प्रारंभ की गई। बिड़ला बंधुओं ने देश में तो नई-नई कंपनियाँ खोली हीं, विदेशों में भी अपने कारखाने खोलने प्रारंभ किए। इथोपिया में एक सूती कपड़े की मिल खोली गई। सेंचुरी एवं केशोराम ने रेयान बनाना शुरू किया। जियाजी राव में केमिकल्स से कपड़े बनने लगे। बिड़ला जूट, रेयान, सीमेंट एवं केमिकल्स बनाने लगे। जयश्री टी ने उर्वरक खाद बनाना प्रारंभ किया। बिड़लाजी ने रेनुकूट में हिंडालको के नाम से एक अल्यूमीनियम कारखाना स्थापित किया। बिड़ला उद्योग की विशेषता भारतीय आवश्यकताओं के अनुरूप उपभोक्ताओं के लिए रोजमर्रा की उपभोक्ता सामग्रियों के उत्पादन में महारत हासिल करना रही।

औद्योगिक प्रबंध का बिड़ला बंधुओं का अपना अलग ही सिद्धांत रहा है। बिड़लाजी ने औद्योगिक प्रबंध की कोई शिक्षा प्राप्त नहीं की थी। उन्होंने जो कुछ भी सीखा अपने अनुभव से ही सीखा, वही अंततोगत्वा बिड़ला बंधुओं के औद्योगिक प्रबंध का आधार बन गया। इसके अंतर्गत जहाँ एक तरफ कार्यक्षमता एवं साधनों का समुचित उपयोग करके लक्ष्य प्राप्त करने पर विशेष बल दिया जाता है, वहीं प्रबंधकों की समुचित सुरक्षा एवं देख-रेख एक परिवार जैसे वातावरण में होती है। बिड़ला औद्योगिक प्रबंधन के सिद्धांत ने प्रायः जापान, अमरीका एवं रूस तीनों की विशेषताएँ ग्रहण की हैं। जापान से उन्होंने पारिवारिक उद्योग में आदरणीय वयोवृद्ध के मार्गदर्शन

पर चलने की भावना, अमरीका से उन्होंने कार्यक्षमता पर विशेष बल एवं रूस से कार्यों को पूरा करने की दृढ इच्छाशक्ति ग्रहण की।

बिड़लाजी किसी भी काम को पूर्णरूपेण संपन्न करने में विश्वास रखते थे। उनका हर काम नियमानुसार होता था। कोई भी कार्य करने से पहले वे उसकी योजनाबद्ध विवेचना करते थे। फिर लक्ष्य निर्धारित करके क्रमबद्ध कार्यक्रमानुसार उस लक्ष्य को प्राप्त करने का मार्ग निर्धारित करते थे। उनके जीवन में अनुशासन का विशेष महत्त्व था। अपने व्यक्तिगत जीवन में भी वे नियमों का सदैव कड़ाई से पालन करते थे। यहाँ तक कि उनकी दिनचर्या भी एक नियमबद्ध कार्यक्रम पर आधारित थी।

बिड़लाजी में सही समय पर सही निर्णय लेने की अद्‌भुत क्षमता थी। चाहे कितनी भी विकट समस्या हो, बाबूजी के पास उसका कोई-न-कोई समाधान तुरंत उपलब्ध रहता था। राष्ट्रपिता महात्मा गांधी भी श्री घनश्यामदास बिड़ला की निर्णय शक्ति के प्रशंसक थे। देश की विभिन्न समस्याओं पर उन्होंने श्री बिड़ला के निर्णयों को स्वीकार किया था।

स्टील को छोड़कर देश में अनेक उद्योगों का प्रारंभ बिड़लाजी के प्रयासों से ही संभव हो सका। वे किसी भी मतावलंबी के प्रति पहले से ही अच्छी या बुरी भावना स्थापित करने के विरुद्ध थे। उस महान् उद्योग पुरुष के नाम से हमारे देश में 'उद्योग दिवस' मनाया जाना चाहिए।

श्री बिड़ला ने एक बार कहा था, "मेरी जिंदगी हमेशा संघर्ष, समस्याओं, कठिनाइयों, विषमताओं एवं चुनौतियों से पूर्ण रही है। मेरा विश्वास है कि बिना संघर्ष का जीवन जीने योग्य नहीं होता, इसीलिए मैं अपने जीवन में चुनौतियों का स्वागत करता हूँ। समस्याओं से रहित जीवन निर्जीव होता है।" इस प्रकार, दृढ आशावादी होने के कारण ही निराशा, अवसाद और विषाद कभी उनके पास नहीं फटके। उनकी आशा बुद्धि की कसौटी पर खरी उतरकर कर्म के साँचे में ढली होती थी। ऐसे महापुरुष, कर्मयोगी एवं उद्योगों के जनक को शत-शत नमन।

जी.डी. बाबू की व्यावसायिक प्रबंधन की प्रक्रिया गांधीजी के सिद्धांतों और ट्रस्टीशिप से उत्प्रेरित थीं। उन्होंने सदैव अपने कार्यकर्ताओं को अपने परिवार के सदस्य के रूप में समझा और उनके उत्थान एवं प्रगति के लिए सदैव तत्पर रहे। एक व्यक्ति का सही प्रशासक के रूप में चयन करना और उसको पूरी जिम्मेदारी देना उनका पहला काम था। व्यक्तिगत ईमानदारी, उच्च स्तर के आचरण, सच्चाई, प्रतिभा एवं कुशाग्र बुद्धि का मनुष्य ही उनके चयन का पात्र होता था। सही प्रशासक की नियुक्ति करते ही उसे समझाकर सारी जिम्मेदारी सौंप देते। उद्योगों को निर्धारित समय में निर्मित करने, निर्धारित लागत पर, निर्धारित उत्पादन क्षमता के अनुरूप बैठाने और उसे चालू करने के लिए वे प्रशासक को मालिकाना अधिकार देते थे। यदि सौंपे हुए काम को पूरा करने में प्रशासक विफल होता था तो उसकी शक्ति एवं प्रतिष्ठा का अवमूल्यन माना जाता था।

व्यापारी संगठन एवं औद्योगिक प्रतिभा में उन्होंने अंतरराष्ट्रीय ख्याति प्राप्त की। उनकी गणना एक अच्छे एवं उच्चकोटि के अर्थशास्त्री के रूप में होने लगी। सन् 1927 में जेनेवा में प्रथम अंतरराष्ट्रीय श्रम संगठन की बैठक में भी उन्होंने भारत का प्रतिनिधित्व किया। भारतीय राजनैतिक, सामाजिक एवं आर्थिक समस्याओं पर विचार करने एवं उसके लिए हल निकालने हेतु सन् 1931 में लंदन में हुई गोलमेज परिषद् में भी जी.डी. बाबू प्रतिनिधि के रूप में शामिल हुए। अर्थशास्त्र के गूढ सिद्धांतों की जानकारी और उनके उपयोग में वे दक्ष थे तथा अपनी इस अमूल्य समझ का प्रयोग जनहित में करते थे। जी.डी. बाबू का मानना था कि गरीबी और धन दोनों सदैव रहेंगे, परंतु हम सभी का यह उद्देश्य होना चाहिए कि गरीबों की कठिनाइयों का निराकरण हो। उनके विचार में गरीबी पर विजय प्राप्त करने के लिए हमें शिक्षा का प्रसार करना होगा एवं शिक्षा संस्थान बनाने होंगे। समाज हेतु उत्पादन बढ़ाने की जरूरत भी वे रेखांकित करते थे। श्री जी.डी. बाबू का जीवन एक महान् कर्मयोगी के रूप में परिलक्षित हुआ है। उन्होंने महान् ग्रंथ

'गीता' के उपदेशों को अपने जीवन में उतारने का प्रयास किया है। श्री जी.डी. विदेशी सम्मान के प्रति सदैव उदासीन रहे। जब भारत सरकार ने 'पद्म विभूषण' का सम्मान उन्हें दिया, तब उन्होंने सहर्ष गौरवान्वित होकर उसे प्राप्त किया।

इस महान् कर्मयोगी ने अपनी अंतिम साँस 11 जून,1983 को लंदन में प्रातः टहलते हुए ली। उनकी इच्छा के अनुरूप दाह संस्कार वहीं किया गया। फिर भी उनकी अस्थियों को भारतवर्ष में लाकर गंगा की पावन धारा में समर्पित कर दिया गया।

श्री जी.डी. बाबू के बाद उनके सुपुत्र श्री वसंत कुमार बिड़ला ने उनका काम आगे बढ़ाया। फिर उनके पौत्र आदित्य बिड़ला ने भी उनके उद्योगों को गति प्रदान की। आदित्य बिड़ला की अल्पायु में मृत्यु के उपरांत उनके प्रपौत्र श्री कुमारमंगलम, बिड़ला समूह के सभी उद्योगों की कुशलतापूर्वक देखभाल कर रहे हैं एवं उनका चौतरफा विस्तार एवं विकास भी कर रहे हैं।

□

घनश्यामदास बिड़ला के सफलता के सूत्र

हमारे देश में उद्योग एवं व्यापार के क्षेत्र में तीन नाम सबकी जबान पर थे—टाटा, बिड़ला और डालमिया। ये तीनों सर्वोच्च उद्योगपति थे। जैसे टाटा में जे.आर.डी. टाटा की पहचान थी, वैसे ही बिड़ला ग्रुप में घनश्यामदासजी बिड़ला (जी.डी. बाबू) की पहचान थी। बिड़लाजी ने जितने विविध क्षेत्रों में उद्योग स्थापित किए, उतने टाटा ग्रुप ने भी नहीं किए। बिड़लाजी ने समाज सेवा के क्षेत्र में मंदिर-धर्मशाला, चिकित्सालय, विद्यालय कहाँ नहीं स्थापित किए। आज भी देश में प्रायः प्रत्येक प्रमुख स्थान पर बिड़ला परिवार का कोई-न-कोई समाज सेवा का कीर्ति-स्तंभ देखने को मिल जाता है। देश के धर्म-स्थानों में शायद ही ऐसा कोई स्थान बचा हो, जहाँ उनका सामाजिक योगदान देखने में न आए।

श्री घनश्यामदासजी बिड़ला यों तो कम पढ़े-लिखे थे, लेकिन प्रतिभा के धनी थे। चाहे हिंदी में बोलना हो या अंग्रेजी में, चाहे देश में बोलना हो या विदेश में, चाहे उद्योगपतियों के बीच बोलना हो या विद्वानों के बीच, उनको सब बड़े सम्मान और आदर से सुनते थे। उनके भाषण में अनुभव की भाषा थी, केवल पुस्तकीय ज्ञान नहीं था। अनुभव की भाषा वही बोल सकता है, जो नीचे से सर्वोच्च शिखर तक अपने ही सूत्रों एवं अनुभवों से चढ़ा हो। श्री घनश्यामदास बिड़ला के प्रारंभिक दिनों में कोई नहीं जानता था कि यह व्यक्ति उद्योग और व्यापार के क्षेत्र में नए कीर्तिमान स्थापित करेगा।

बिड़लाजी में ऐसी क्या चीज थी, जो उन्हें आगे बढ़ाने में सहायक हुई? प्राय: यह देखा जाता है कि लोग स्वस्थ तो रहना चाहते हैं, लेकिन स्वास्थ्य के नियमों का पालन दृढता से नहीं करते। इसी प्रकार, लोग धार्मिक बनना चाहते हैं, लेकिन धर्म का कोरा उपदेश देते हैं; जबकि धार्मिक होने के लिए धर्म को आचरण में उतारना आवश्यक है। ठीक इसी प्रकार, उद्योग और व्यापार के क्षेत्र में सफलता प्राप्त करने के लिए उसके नियमों का दृढता से पालन करना आवश्यक है।

बिड़लाजी की दिनचर्या निश्चित थी। हर काम समय से करना। प्रात: चार बजे उठना और रात में नौ बजे विश्राम के लिए चले जाना। उनके प्रात: घूमने, जलपान, भोजन, काम करने आदि का समय निश्चित था। जिसके कारण अपना नित्य का काम वे निपटा लेते थे। उनके प्रमुख सूत्र थे—नियमित पत्र-व्यवहार, साफ-सुथरा अप-टू-डेट हिसाब-किताब एवं लेन-देन में समय की पूरी पाबंदी।

पत्र-व्यवहार की नियमितता जानकारी के आदान-प्रदान का अच्छा साधन है, यह वे बखूबी जानते थे।

उनका दूसरा सूत्र था अपने हिसाब-किताब, लेन-देन, नफा-नुकसान को भी अप-टू-डेट रखना। अनेक उद्योगपतियों का हिसाब-किताब अप-टू-डेट (अद्यतन) रहता ही नहीं। वे अँधेरे में काम करते हैं और यही कारण है कि आधी-अधूरी तरक्की करते हैं और अपने प्रयासों में असफल हो जाते हैं। हिसाब-किताब को नित्य सही रखना अति आवश्यक है। हिसाब सही रखनेवाले को आगे बढ़ने से कोई रोक नहीं पाता। मैं अपने सभी बिजनेसमैन एवं व्यवसायी भाइयों का ध्यान बिड़लाजी की सफलता के इस सूत्र की ओर विशेष रूप से आकृष्ट करना चाहूँगा। कभी अपने हिसाब-किताब को पैंडिंग न रहने दें। उसे हमेशा दुरुस्त रखें, इससे यह मालूम होता रहेगा कि आप तरक्की पर हैं या नुकसान पर। अगर कमी है तो उसमें सुधार कैसे लाया जाए?

तीसरा सूत्र है—लेन-देन में ईमानदारी तथा समय का पालन, यानी

उसी पार्टी से व्यापार करना, जो पैसा समय से वादे के मुताबिक देती हो। बिजनेसमैन को स्वयं भी दूसरे का बकाया समय पर देने के प्रति सचेत एवं सचेष्ट रहना चाहिए। कोई दूसरी बार दरवाजे पर माँगने न आ जाए। व्यापार में, जो समय से देना जानता है, वही कमाना जानता है। जिसका लेन-देन साफ-सुथरा और वादे के मुताबिक चलेगा, उसे उद्योग व्यापार बढ़ाने में कभी कोई कठिनाई नहीं होगी।

श्री बिड़ला अपने उद्योगों की कार्यक्षमता पर विशेष ध्यान देते थे। उनका कहना था कि जब तक उत्पादन क्षमता का 85-90 प्रतिशत तक का उपयोग नहीं होगा, उद्योग मुनाफा नहीं देगा। तब तक वे किसी व्यक्ति को योग्य नहीं मानते थे, जब तक वह उद्योग की उत्पादन क्षमता के अनुसार उत्पादन करके न दे। वे मानते थे कि व्यक्ति की योग्यता केवल उसके कार्य से पहचानी जाती है। वे जिस व्यक्ति को उत्पादन का भार देते, उसे पूरा अधिकार संपन्न कर देते थे। लक्ष्य की प्राप्ति में असफल व्यक्ति को वे अयोग्य मानते थे। बाद में सफाई सुनने में उनकी कोई रुचि नहीं रहती थी।

वे कर्मचारियों की वेशभूषा का भी खयाल रखते थे। वे मानते थे कि समय तथा वेशभूषा आदमी को चुस्त-दुरुस्त रखती है। समय के प्रति सावधान रहने से समय के अंदर काम को संपादित करने की एक कार्यसंस्कृति पैदा होती है और वेशभूषा के कारण आदमी देखने में व्यवस्थित लगता है।

अपने परिवार में तथा कर्मचारियों के चरित्र पर उनका पूरा खयाल रहता था। चरित्रहीन व्यक्ति का बिड़ला परिवार में कोई स्थान नहीं होता था। हमने सुना है कि बिड़ला परिवार के ही श्री गजानंदजी बिड़ला ने एक पत्नी के रहते दूसरी शादी करने की इच्छा व्यक्त की तो पूरे परिवार की सभा हुई और सर्वसम्मति से निर्णय लिया गया कि बिड़ला परिवार में एक पत्नी के रहते दूसरी पत्नी नहीं आ सकती। फिर भी वे नहीं माने तो उनको यह संदेश दिया गया कि दूसरी पत्नी अगर लानी है तो यह बिड़ला परिवार से अलग होकर ही संभव होगा। स्वयं घनश्यामदास बिड़लाजी की दूसरी पत्नी का 34

वर्ष की अवस्था में जब स्वर्गवास हो गया तो उन्होंने तीसरी शादी करने से मनाकर दिया। बच्चे छोटे-छोटे थे, परिवार के संचालन के लिए तीसरी पत्नी आवश्यक थी। गांधी तथा महामना मालवीयजी ने पूरी चेष्टा की कि घनश्यामदासजी तीसरा विवाह कर लें, लेकिन वे अपने निश्चय पर अटल रहे और 34 वर्ष से लेकर आयुपर्यंत, यानी 89 वर्ष की आयु तक विधुर जीवन व्यतीत किया। दूसरों पर चरित्र की छाप छोड़ने से पहले स्वयं चरित्रवान होना अति आवश्यक है। वे कहा करते थे कि जो स्वयं अनुशासन में नहीं रहेगा, वह दूसरों पर शासन नहीं कर सकता।

मैंने बिड़लाजी के जितने गुणों का उल्लेख किया है, उनका पालन हमारी प्रगति में सहायक होगा, यह मेरा निश्चित मत है। सफलता के सूत्र निश्चित हैं। सवाल सूत्रों को जानने का नहीं, अपनाने का है। सफलता उन्हीं को मिली है, जिन्होंने सूत्रों को अपनाया। ऊपर लिखे सारे सूत्र इतने कठिन नहीं हैं कि इनका पालन न किया जा सके।

श्री बिड़ला विदेशों में जाते तो वहाँ की मिलों में अवश्य जाते और उनकी कार्यप्रणाली, तकनीक और प्रबंधन विषयक बातों का सूक्ष्मता से अध्ययन करते। वे अच्छी बातें सीखने के लिए आजीवन विद्यार्थी बने रहे।

वैसे तो वे समारोहों में बहुत कम जाते थे, किंतु किसी समारोह में जाने के लिए 'हाँ' कर देते तो सभी बाधाओं को पार कर वहाँ निश्चित समय पर पहुँच जाते थे। निश्चित समय पर कार्यक्रम प्रारंभ न होने पर वे झुंझला उठते और कई बार मंच से उतरकर चले भी जाते। दफ्तर का काम दफ्तर में एवं घर का घर में करना उनकी विशेषता थी। एक बार उन्होंने इंडस्ट्री हाउस में विचार-विमर्श के लिए रामप्रसादजी को बुलाया। रामप्रसादजी मात्र दो मिनट देर से पहुँचे तो बिड़ला ने कहा, "रामप्रसाद, आज तुमने मेरा दो मिनट का समय खराब किया। चले जाओ, मैं बात नहीं करूँगा।" इस हादसे के बाद समय की पाबंदी रामप्रसादजी का लक्ष्य हो गई।

लगन, मेहनत और महत्त्वाकांक्षा का जब एक साथ मिलन हो जाता है

तो कहते हैं कि इनसान आकाश की ऊँचाई छू लेता है तथा सागर की गहराई तक डूब जाता है और बाहर आता है तो साथ में होता है सफलता का अपूर्व खजाना।

1990 में अंतरराष्ट्रीय पत्रिका 'टेक्सटाइल्स हॉराईजन', मेनचेस्टर ने सेंचुरी मिल को 'अंतरराष्ट्रीय मिल फॉर दि इयर' के पुरस्कार से पुरस्कृत किया।

□

रामप्रसादजी से साक्षात्कार

श्री रामप्रसादजी से उनकी व्यावसायिक सफलता के संबंध में पूछे गए प्रश्न एवं उत्तर निम्न हैं—

प्रश्न : आप अपना आदर्श किसे मानते हैं?

उत्तर : जी.डी. बिड़लाजी को। वे कहा करते थे कि अपनी बंदूक का निशाना हमेशा ऊपर की ओर रखो। बस, उनकी यही बात मैंने पकड़ ली और उसी संकेत पर आज तक चलता रहा।

प्रश्न : आप अपनी प्रेरणा का स्रोत किसे मानते हैं?

उत्तर : विश्व का कोई भी व्यक्ति, चाहे वह किसी भी क्षेत्र का हो, मेरा प्रेरक होगा। मैं हमेशा यह सोचा करता हूँ कि जो काम एक दूसरा व्यक्ति कर सकता है, तो वह मैं क्यों नहीं कर सकता? यही बात हर वक्त मेरे दिमाग में दबाव डालती रहती है। 'कुछ कर सकने की हममें भी क्षमता है,' इस बोध ने ही मुझे हमेशा प्रेरित किया।

प्रश्न : ऐसा कहा जाता है कि सेंचुरी मिल को मिले पुरस्कार का सारा श्रेय आपको है, तो इस सफलता का राज क्या है?

उत्तर : मैं सोचता हूँ कि अनुशासन, उच्च विचार, उच्च उद्देश्य और महत्त्वकांक्षा किसी को भी शिखर पर पहुँचा सकती है। खासकर इस व्यावसायिक जगत् में इन गुणों के साथ-साथ सहयोग का होना भी आवश्यक है।

इस मिल में कर्मचारियों को सारी सुविधाएँ देने और डटकर काम करने की नीति सदा अपनाई गई है। दरअसल इस कंपनी का ढाँचा ही ऐसा है कि यहाँ हर व्यक्ति को काम करना पड़ता है। प्रायः बड़ी उपलब्धि टीम वर्क में ही संभव होती है। अतः इसका श्रेय सभी को जाता है।

प्रश्न : यहाँ तक पहुँचने के लिए आपको भी काफी संघर्ष करने पड़े होंगे। आपने उन समस्याओं का सामना कैसे किया?

उत्तर : यह बिलकुल सही है। 55 वर्ष के अनुभव और आज से 55 वर्ष पूर्व की मिल की अवस्था पर, जब मैं नजर डालता हूँ तो यही लगता है कि इतना बड़ा परिवर्तन कैसे हो गया? जर्जर अवस्था की मशीनों का भारी मात्रा में आधुनिकीकरण किया गया, मानव संसाधनों का सही प्रयोग किया गया, देश-विदेश की बाजार स्थिति के अनुसार उसे कब्जे में किया गया तथा गुणात्मकता को बाजार में स्थापित किया गया, अपने उत्पादन को ऊँचा रखा गया और साथ ही वर्तमान स्थिति को समझने का भी प्रयास किया गया। इस पूरी प्रक्रिया में व्यवस्थापकों का पूरा सहयोग रहा। यह सबके प्रयास का फल है।

प्रश्न : आपने इन बाधाओं को कैसे दूर किया?

उत्तर : इस संदर्भ में कच्चे माल और कर्मचारियों के चुनाव पर सबसे ज्यादा ध्यान दिया गया। आधुनिकीकरण की होड़ में मशीनों को चलाने के लिए प्रशिक्षित लोगों को चुना गया और कई पुराने लोगों को प्रशिक्षण दिया गया। प्रशिक्षण का यह काम अब भी जारी है।

प्रश्न : यह पुरस्कार मिलने पर आपको कैसा लग रहा है?

उत्तर : जाहिर है, बहुत अच्छा। मैंने कभी सपने में भी नहीं सोचा था कि भारत की एक टेक्सटाइल मिल को अंतरराष्ट्रीय स्तर की ख्याति मिलेगी। यह पुरस्कार हमारे सभी सहयोगी व्यवस्थापकों के लिए

गर्व की बात है। देश के लिए एक बड़ी उपलब्धि है। दरअसल हमें अपनी योग्यता का अंदाजा तब लगता है, जब हमारा काम दूसरों द्वारा सराहा जाता है।

प्रश्न : अन्य मिलों के विषय में आपकी क्या राय है?

उत्तर : मैं यह चाहूँगा कि भारत की लगभग एक हजार टेक्सटाइल मिलों का आधुनिकीकरण शीघ्र हो जाना चाहिए। नई तकनीक का उपयोग ज्यादा-से-ज्यादा किया जाए और उनकी गुणवत्ता के साथ कोई समझौता न किया जाए। साथ ही देश-विदेश में युद्धस्तर पर बाजार का शोध जारी रखा जाए, क्योंकि यह प्रतियोगिता सिर्फ देश में मिल से मिल तक नहीं, बल्कि देश से विदेश तक भी चलती है। मशीन के पीछे खड़ा होनेवाला तो व्यक्ति ही होगा, अत: उसका संपूर्ण मानसिक विकास और तेज दिमाग आवश्यक है। फर्ज कीजिए, मशीनों का नवीनीकरण हो भी गया तो उसे चलाएगा कौन? तो इस अवस्था में मानसिक स्तर उच्च होना आवश्यक है, जिसका इस टेक्सटाइल लाइन में बहुत अभाव है।

प्रश्न : भविष्य में आपकी क्या योजनाएँ हैं?

उत्तर : मैं आधुनिक तकनीक को ज्यादा-से-ज्यादा उपयोग में लाना चाहता हूँ। 'अंतरराष्ट्रीय टेक्सटाइल मैन्युफैक्चरिंग फेडरेशन' का एक सेमिनार हाल ही में दिल्ली में हुआ था, जिसमें यह कहा गया था कि वार्षिक कारोबार का साढ़े सात प्रतिशत प्रत्येक कंपनी को अपनी कंपनी के आधुनिकीकरण पर खर्च करना आवश्यक है, तभी वह अंतरराष्ट्रीय बाजार में खड़ी हो सकती है।

प्रश्न : इस प्रयास में आप कहाँ पर हैं?

उत्तर : हम लोगों का यह प्रयास जारी है और व्यवस्थापकों का पूर्ण सहयोग हमें मिल रहा है।

श्री रामप्रसाद पोद्दार की उपरोक्त जीवनी एवं कथन में उनकी सफलता

के निम्नलिखित राज छिपे हैं—

- समय की पाबंदी।
- अनुशासन के पालन में कठोरता।
- निशाना हमेशा ऊपर की ओर।
- आगे बढ़ने की महत्त्वाकांक्षा।
- कर्मचारियों को सारी सुविधाएँ देना।
- कर्मचारियों से डटकर काम लेना।
- कर्मचारियों में टीम वर्क से काम करने की भावना विकसित करना।
- मानव संसाधनों का सही उपयोग।
- अपने उत्पादों की गुणात्मकता को बाजार में स्थापित करना।
- नई तकनीक अपनाकर आधुनिकीकरण करना।
- मशीन के साथ काम करनेवाले व्यक्ति का मानसिक विकास करना।
- ऑफिस का काम ऑफिस में तथा घर का काम घर में करना।
- घर में अध्ययन करना।
- सिद्धांतों से समझौता न करना।
- कर्मचारियों के साथ आत्मीय संबंध रखना।
- समाज सेवा के कार्यों में अग्रणी रहना।
- व्यापारिक एवं औद्योगिक संगठनों की भूमिका को उपयोगी बनाना।
- टेबल पर चाय-कॉफी पीने को समय की बरबादी मानना।
- सभी कर्मचारियों का यूनिफार्म में आना।
- उत्पादन का कार्यक्रम एवं लक्ष्य पहले से निर्धारित करना।
- उत्पादित माल की पहले से बिक्री करके रखना, ताकि पूँजी फँसे नहीं।
- कच्चे माल की खरीद के समय उसकी गुणवत्ता का पूरा ध्यान रखना।
- अपने एजेंट को समय से माल न देने पर उसकी क्षतिपूर्ति करना।

□

धीरूभाई अंबानी : कॉरपोरेट जगत् के महाबली

आर्थिक जगत् में इतने कम समय में इतनी ऊँचाई पर पहुँचे धीरूभाई अंबानी की सफलता पर देश को गर्व है। उन्होंने जीवनभर संघर्ष किया और अंत में 13 दिन तक मौत से भी संघर्ष करते रहे। वे अपने पीछे बहुत बड़ा परिवार छोड़ गए। परिवार में तो पत्नी, दो पुत्र, दो पुत्र-वधुएँ, दो बेटी ही छूटे, लेकिन 65000 कर्मचारियों का परिवार तथा पचासों लाख शेयरधारक भी छूटे; जिनका भाग्य उनके भाग्य के साथ जुड़ गया था।

धीरूभाई अंबानी सन् 1932 में 28 दिसंबर को पैदा हुए। उन्होंने हाईस्कूल की परीक्षा पास की। पिता स्कूल अध्यापक थे। धीरूभाई ने सौ रुपए का नोट तक नहीं देखा था। सन् 1949 में नौकरी करने की दृष्टि से 17 साल की उम्र में अपने बड़े भाई के साथ यमन गए। नौ साल बाद सन् 1959 में बंबई वापस आए। 14,000 की लागत से 'रिलायंस कमर्शियल कॉरपोरेशन' बनाया। वस्त्र उद्योग की तरफ मुड़ने से पहले अदरक, हल्दी और अन्य मसालों का पश्चिम एशिया को निर्यात किया। सन् 1966 में 15 लाख की पूँजी से 'रिलायंस टेक्सटाइल्स' बनाई। सन् 1977 में सार्वजनिक निर्गम में 20 लाख शेयर जारी किए। 1978 में परिवर्तनीय डिबेंचर जारी कर 400 करोड़ रुपए से अधिक जुटाए। इसके बाद उन्होंने पॉलियस्टर फिलामेंट यार्न बनाने का लाइसेंस प्राप्त किया। सन् 1982 में प्योरिफाइड टेफेथेलिड एसिड (पीटीए)

और डाइमिथाइल टेरेफयलेट के प्रयोग से धागा बनाने का प्लांट चालू किया। सन् 1986 के फरवरी माह में धीरूभाई को मस्तिष्क आघात हुआ। सन् 1992 में रिलायंस ने ग्लोबल डिपॉजिटरी रिसीट (जी.डी.आर.) का पहला यूरो निर्गम जारी किया। किसी भारतीय कंपनी का यह पहला निर्गम था। सन् 1993 में बिक्री 4,000 करोड़ रुपए पार करने के साथ ही रिलायंस भारत की निजी क्षेत्र की सबसे बड़ी कंपनी बन गई।

सन् 1996-97 में 9,000 करोड़ रुपए वाला हजीरा परिसर बनकर तैयार हुआ। यह अमरीकी ऋण बाजार में बॉण्ड जारी करनेवाली एशिया की पहली कंपनी थी। जामनगर पेट्रोकेमिकल परिसर में सन् 1999-2000 में 25,000 करोड़ रुपए की दुनिया की सबसे बड़ी ऑयल रिफाइनरी, भारत का सबसे बड़ा बंदरगाह, विश्व का सबसे बड़ा पाराजाईलीन प्लांट और पॉली प्रोपेलीन प्लांट, रिलायंस इन्फोकॉम की योजनाएँ घोषित हुईं। सन् 2001 में रिलायंस इन्फोकॉम ने 25,000 करोड़ की योजना का खुलासा किया।

धीरूभाई के रिलायंस ग्रुप की औद्योगिक प्रगति एक तिलस्मी कहानी की तरह लगती है। जहाँ इनके 65 हजार कर्मचारियों का सहयोग इन्हें मिला, वहीं अंबानी परिवार की तरक्की में पचासों लाख निवेशकों की आस्था का भी सहयोग रहा।

धीरूभाई ने कहा था, ''एक दिन धीरूभाई नहीं रहेगा, लेकिन रिलायंस के कर्मचारी और शेयर होल्डर इस कंपनी का झंडा फहराए रखेंगे। रिलायंस अब ऐसी अवधारणा बन गई है, जिसमें अंबानी परिवार अप्रासंगिक हो गया है।'' उद्योग जगत् के इस भविष्यद्रष्टा का कितना बड़ा विश्वास था अपने कर्मचारियों एवं शेयर होल्डरों पर!

रिलायंस का प्रभावशाली कारोबार

बिक्री में इसने टाटा समूह को पछाड़ा और खुलेआम यह घोषणा की कि चार साल में वह देश की 500 कंपनियों की अगुआई कर रहे इंडियन

ऑयल कॉरपोरेशन को भी पीछे छोड़ देगा। धीरूभाई के युग में भारत में कारोबार बैंक ऋणों पर आश्रित था। ऊँची ब्याज दरों ने फर्मों की हवा निकालने के साथ ही विकास को भी रोक रखा था। धीरूभाई ने पूँजी बाजार में न सिर्फ एक कंपनी के वित्त पोषण के साथ प्रवेश किया, बल्कि उन्होंने बाजार के कई ऐसे उपकरण बनाए, जो तब तक अनजाने ही थे। मुनाफे में कमी के बावजूद उन्होंने लाभांश में सालोसाल वृद्धि जारी रखी।

सन् 1978 में तो उन्होंने 25 प्रतिशत लाभांश के अलावा 35 के अनुपात में बोनस शेयर भी जारी किए, रिलायंस के शेयरों की कीमत 450 फीसदी जा चढ़ी। कारोबार, नौकरशाह, राजनीति और यहाँ तक कि मीडिया हल्के के भी अपने हजारों मित्रों और शुभचिंतकों को, जिन्हें धीरूभाई ने प्रोमोटर्स कोटे से शेयर जारी किए थे, एक सलाह दी, ''इन कागजों को सँभालकर रखिए, एक दिन आपको इनकी कीमत का अहसास होगा।'' कई लोगों ने यही किया और काफी कमाया। इस प्रकार, ऐसे निवेशकों की आस्था धीरूभाई के प्रति बढ़ती चली गई है। धीरूभाई को सरकार में किसी से भी मिलने में संकोच नहीं होता था, चाहे बड़ा हो या छोटा। वे किसी को भी सलाम करने को तैयार रहते थे। धीरूभाई ने एक बड़े महत्त्व की बात कही, ''मेरी सफलता ही मेरी सबसे बड़ी दुश्मन है। जहाँ बहुत सारे लोग प्रयासरत हों और कुछ ही सफल हों, ऐसे में हमारे जैसे व्यक्ति की सफलता से बैरी तो बनने ही बनने हैं।''

धीरूभाई में अपराधबोध, आत्मग्लानि और हीनभावना नहीं थी। आज सबसे मुख्य प्रश्न है कि क्या उनके बेटे मुकेश और अनिल दूरदर्शिता, संपर्क और विश्वास का तंत्र खड़ा करने में अपने पिता की बराबरी कर पाएँगे? इस प्रश्न का उत्तर स्वयं मुकेश के शब्दों में, ''अस्सी के दशक से ही हम पापा के साथ साझीदार रहे हैं, हम उत्तराधिकारी नहीं हैं, हम अपनी राह खुद बनानेवालों में हैं।'' और अस्सी के दशक के मध्य में मुकेश और अनिल ने बागडोर सँभाली, उनके बाद रिलायंस के जबरदस्त उत्थान पर नजर डालें तो उनकी बात

सही लगती है। यों मिजाज के मामले में मुकेश अंतर्मुखी और टेक्नोलॉजी पसंद कुशल प्रबंधक हैं, जबकि खुले स्वभाववाले अनिल बैंकरों, दलालों, नेताओं और पत्रकारों से दोस्ती बनाकर रखते हैं। उनके परस्पर विरोधी व्यक्तित्व के कारण 'रिलायंस साम्राज्य' विभाजित हो चुका है।

धीरूभाई का मानना था कि यदि किसी प्रयास में हजार लोग असफल होने वाले हैं तो कुछ लोग तो ऐसे होंगे जो सफल भी होते हैं, वह सफल आदमी धीरूभाई क्यों नहीं हो सकता? धीरूभाई कभी पराजय स्वीकार नहीं करते थे। सन् 1999 में वर्ल्ड मल्टी मीडिया के सर्वेक्षण से उन्हें 'इंडियन बिजनेस मैन ऑफ दि सेंचुरी' के खिताब से नवाजा गया था। सन् 1986 में हुई गंभीर बीमारी के बाद सन् 1990 के दशक से रिलायंस साम्राज्य का बहुत सारा काम उनके बेटे ही सँभालते आ रहे हैं, इसलिए इस कॉरपोरेट महाबली के जाने से रिलायंस के कामकाज पर कोई असर नहीं पड़ना चाहिए। धीरूभाई ने भारतीय मध्यवर्ग के एक बहुत बड़े हिस्से को शेयर बाजार से जुड़ने और अमीर होने का सपना दिखाया था। धीरूभाई अंबानी के प्रति निवेशकों का विश्वास काफी गहरा था। वे मध्यम आयवर्ग के निवेशकों के मसीहा थे।

धीरूभाई की अंतिम इच्छा के अनुरूप रिलायंसकर्मियों ने काम रुकने नहीं दिया। वे उनके निधन से काफी दुःखी थे। शोक प्रकट करने के लिए उन्होंने बाँहों पर काली पट्टी भी बाँधी, लेकिन मालिक की अंतिम इच्छा के अनुरूप काम रुकने नहीं दिया। धीरूभाई का यह संदेश तथा कर्मचारियों द्वारा उसका अनुपालन हमारे देश के सभी उपक्रमों के लिए अनुकरणीय है। अगर देश को प्रगति पथ पर ले जाना है तो किसी भी हालत में उत्पादन को प्रभावित नहीं होने देना चाहिए। इस छोटे से मंत्र में देश की तरक्की का राज छिपा है।

रिलायंस की तरक्की 25 वर्षों में 70 करोड़ से बढ़कर 60 हजार करोड़ हो गई। इतने कम समय में इतनी तरक्की किसी भी औद्योगिक घराने ने नहीं की। यह तरक्की अविश्वसनीय लगती है, लेकिन यथार्थ है। अल्पकाल में

इतनी जबरदस्त तरक्की पर शोध होना चाहिए, ताकि और लोग भी इससे लाभ उठा सकें। धीरूभाई सदैव प्रगतिशील एवं उदारवादी नीतियों के पक्षधर रहे। उनका विश्वास था कि भारत अन्य देशों की तरह एक बड़ी आर्थिक शक्ति बन सकता है।

हमारे प्रधानमंत्री श्री अटल बिहारी वाजपेयी ने उनके निधन पर अपने शोक संदेश में कहा कि देश ने इस बात का एक प्रतीक खो दिया है कि एक साधारण भारतीय भी उद्यम और दृढ निश्चय के बल पर अपने जीवनकाल में उपलब्धियाँ हासिल कर सकता है। निजी उपक्रम द्वारा मुख्य क्षेत्रों में विश्व स्तर की क्षमताओं का सपना साकार करने का श्रेय उन्हीं को जाता है। इस युगद्रष्टा के लिए शोक संदेश देनेवाले राजनीतिज्ञ, उद्योग जगत् के शिखर पुरुष, सिने जगत् के विशिष्ट कलाकार आदि सभी थे। 13 दिन तक मौत से संघर्ष कर रहे अंबानी को देखने अस्पताल में देश के महानतम लोग पहुँचे। बंबई का ब्रीच कैंडी अस्पताल अति विशिष्ट मरीजों का आदी हो चुका है। 174 बिस्तरोंवाले इस अस्पताल को सुपर स्टार अमिताभ बच्चन, मीडिया प्रमुख रामनाथ गोयनका, मुख्यमंत्री शरद पवार, महान् गायिका लता मंगेश्कर तथा भारत के पूर्व प्रधानमंत्री श्री अटल बिहारी वाजपेयी की सेवा का भी अवसर प्राप्त हो चुका है। ऐसे विशिष्ट लोगों की सूची में उद्योग पुरुष धीरूभाई का नाम भी शामिल हो गया है। 6 जुलाई को रात 11:30 बजे हृदयाघात के बाद जब धीरूभाई ने अंतिम साँस ली तो आजादी के बाद के भारतवर्ष को एक नई शैली की औद्योगिक राह दिखानेवाले युग का अंत हो गया। धीरूभाई की शव यात्रा में जगह-जगह उनके सूत्र वाक्य लिखे थे; जैसे 'खयालात ऊँचे रखो', 'तेजी से सोचो', 'आगे की सोचो', 'विचारों पर किसी का एकाधिकार नहीं है'। धीरूभाई एक देशभक्त थे। उन्होंने अपना औद्योगिक साम्राज्य देश में ही फैलाया, वे चाहते तो विदेशों में भी फैला सकते थे। आज देश को औद्योगिकीकरण की आवश्यकता है। धीरूभाई कहते थे कि आज देश के सामने जितने अवसर हैं, उतने पहले कभी नहीं

थे। भारत को इन अवसरों का लाभ उठाना चाहिए। अवसर तो सबकी जिंदगी में आते हैं, कुछ लोग उन्हें झपट लेते हैं और कुछ यूँ ही जाने देते हैं। सही समय पर अवसर का लाभ उठानेवाला ही बुलंदियों को छूता है। भारतीय अर्थव्यवस्था में धीरूभाई की अहमियत का अंदाजा भी इसी बात से लगाया जा सकता है कि भारत की यात्रा के समय अमरीका के राष्ट्रपति बिल क्लिंटन ने धीरूभाई तथा उनके दोनों बेटों से अलग से 40 मिनट तक बात की थी।

धीरूभाई के ये सूत्र बड़े उपयोगी एवं अनुकरणीय हैं—

- आलोचकों की निंदा, चापलूसों से ज्यादा मायने रखती है।
- हमेशा अपने सहकर्मियों से श्रेष्ठ प्रदर्शन का आग्रह करना चाहिए, लेकिन निजी रूप से उनके साथ सहानुभूति भी रखनी चाहिए। वे यह मानते थे कि दुःखी व असहाय लोगों के जीवन में बदलाव के लिए कॉरपोरेट शक्तियों का इस्तेमाल होना चाहिए।
- जिस तरह पेट्रोल की एक-एक बूँद में ताकत छिपी है, उसी तरह व्यक्ति के भीतर भी ताकत छिपी है। इस छिपी ताकत को भी बाहर निकालने की आवश्यकता है। वे जानते थे कि लोग अपने ही भीतर छिपी प्रतिभा और दृढ निश्चय से अनजान हैं। उन्होंने ऐसी छिपी प्रतिभा को उभारने का अवसर दिया।
- उन्होंने पूरे उत्साह एवं उमंग के साथ अपने साथियों को आत्मसंदेह से ऊपर उठने व अपने शब्दकोश से 'असंभव' शब्द हटाने को कहा। उन्होंने चारों ओर फैली निराशावादिता के बावजूद आशा का दामन नहीं छोड़ा।
- वे कहते थे कि कोई भी बाधा, रुकावट नहीं, एक अवसर होता है। यह आपको नई राह खोजने व नए उपाय तलाशने का मौका देता है। कोई भी असफलता या पराजय आगे छलाँग मारने की तैयारी होती है। कठिन समय में ही हुनर सामने आता है। यह दुनिया

> उनका विश्वविद्यालय बना और जीवन के उतार-चढ़ाव उनके शिक्षक। उन्होंने बिना किसी वित्तीय मदद, प्रभाव या शक्ति के अपने बूते पर काम शुरू किया। आज रिलायंस के अनेक रूप उनके कड़े व्यावसायिक परिश्रम के गवाह हैं।

धीरूभाई अंबानी के पश्चात् उनके पूरे काम को उनके दोनों योग्य बेटों ने पूरी निष्ठा से देखना प्रारंभ किया। दोनों ने मिलकर काम को बढ़ाया भी, लेकिन दोनों की निकटता ज्यादा दिनों तक टिकाऊ न रह सकी। दोनों ने अपने व्यवसाय आपस में बाँट लिये। बड़े भाई मुकेश अंबानी ज्यादा ठोस नींव पर खड़े हैं, लेकिन छोटे भाई अनिल अंबानी भी कमजोर नहीं हैं, थोड़ा ही अंतर है। दोनों भाइयों के पास आज लगभग दो-दो लाख करोड़ की संपत्तियाँ हैं, किंतु यदि दोनों भाई सम्मिलित रहते तो रिलायंस ग्रुप दुनिया का सबसे अमीर ग्रुप होता। दोनों भाइयों की सम्मिलित संपत्ति बिल गेट्स से भी आगे निकल जाती।

□

अध्यात्म-जगत् के सफल बिजनेसमैन सेठ जयदयाल गोयनका

सेठजी श्री जयदयाल गोयनका एक महान् उद्योगी पुरुष थे। उद्योग और पुरुषार्थ ये दोनों समानार्थक शब्द हैं। जो उद्योग करता है, वह पुरुषार्थी है और जो भाग्य के भरोसे रहता है, वह प्रारब्धवादी है। इसीलिए जीवन निर्वाह में पुरुषार्थ और प्रारब्ध दोनों का ही महत्त्व है। पुरुषार्थ से ही प्रारब्ध का भी निर्माण होता है।

20वीं सदी में 'गीता प्रेस' की स्थापना भारत के धार्मिक एवं सांस्कृतिक जागरण के इतिहास में एक अनूठी घटना थी। परमार्थ के क्षेत्र में इसकी औद्योगिक सफलता का आकलन इसी से किया जा सकता है कि बिना किसी सरकारी सहयोग, व्यक्तिगत या सार्वजनिक चंदे अथवा दान आदि लिये करोड़ों रुपए प्रतिवर्ष अपने ही आर्थिक स्रोतों से जुटाकर नाममात्र के मूल्य पर जन-जन तक धार्मिक ग्रंथों को पहुँचाने का जो महान् कार्य किया जा रहा है उसका दूसरा उदाहरण अन्य कहीं देखने को नहीं मिलता। सरकारी सहयोग से चलनेवाली ईसाई मिशनरियाँ भी एक स्थान से इतनी बड़ी मात्रा में अपने धार्मिक ग्रंथों का प्रकाशन न कर सकीं। पुस्तकों की संख्या एवं आवृत्ति की दृष्टि से विश्व के सबसे बड़े प्रकाशन केंद्र के रूप में गीता प्रेस की प्रतिष्ठा इस बात का प्रमाण है कि दृढ संकल्प, सच्ची लगन एवं कर्तव्यनिष्ठा से सबकुछ संभव है। आश्चर्य की बात है कि इसकी अर्थनीति

किसी अर्थशास्त्री ने नहीं तैयार की, फिर भी विश्व के अनेक विद्वानों के लिए यह शोध का विषय बनी हुई है।

स्थापना की पृष्ठभूमि

गीता प्रेस के संस्थापक ब्रह्मलीन जयदयाल गोयनकाजी 'सेठजी' के नाम से लोकप्रिय थे। उन्हें अपने जीवन के चरम लक्ष्य की प्राप्ति 'श्रीमद्‌भगवद्‌गीता' द्वारा हुई थी। वे चाहते थे कि जिस तत्त्वज्ञान से उनका जीवन आलोकित था, साधना का जो सौरभ उन्हें प्राप्त हुआ था, उससे अन्य लोगों का जीवन भी प्रकाशित और सुवासित हो। इसी क्रम में जब उनकी दृष्टि गीता के अट्‌ठारहवें अध्याय के श्लोक संख्या 68, 69 पर पड़ी कि "जो पुरुष मुझसे परम प्रेम करके इस परम रहस्य युक्त गीता शास्त्र को मेरे भक्तों में कहेगा, वह मुझको ही प्राप्त होगा, इसमें कोई संदेह नहीं है तथा पृथ्वीभर में उससे बढ़कर मेरा कोई प्रिय नहीं होगा।" भगवान् का यह आश्वासन ही गीता प्रेस की स्थापना में हेतु बना।

गीता के तत्त्वज्ञान का प्रचार ही सेठजी के जीवन का लक्ष्य बन गया। स्थान-स्थान पर गीता पर आधारित उपदेशों को माननेवाले अनुयायियों की एक टोली तैयार हो गई। लोगों ने यह इच्छा व्यक्त की कि गोयनका जी के भावों के अनुसार, यदि एक गीता की प्रति प्रकाशित हो जाए तो गीता के प्रचार में अधिक सहयोग मिलेगा। शीघ्र ही गोयनकाजी के सिद्धांतों को व्यक्त करनेवाली गीता कलकत्ते में 'गोविंद भवन कार्यालय' द्वारा छपवाई गई। इस संस्करण में काफी प्रयास के बाद भी छपाई में अनेक अशुद्धियाँ रह गईं। सत्संगी भाइयों में चर्चा हुई कि अपना प्रेस हो तो गीता के प्रचार में विशेष सहायता मिलेगी। सत्संग प्रेमियों की इस गोष्ठी में गोयनकाजी के प्रति निष्ठावान उनके अनन्य प्रेमी गोरखपुर के घनश्यामदास जालानजी थे। उन्होंने सेठजी के समक्ष स्वयं आगे बढ़कर यह प्रस्ताव रखा कि यदि गोरखपुर में प्रेस खोला जाए तो यह कार्य मैं सँभाल लूँगा। सेठजी ने सहर्ष इस प्रस्ताव का अनुमोदन कर दिया।

इसी समय प्रेस का नामकरण भी 'गीता प्रेस' हो गया।

इस निमित्त वर्तमान हिंदी बाजार में संभवतः दस रुपए मासिक पर जगह ले ली गई, जो एक छोटे से मकान के रूप में थी। यहाँ एक गीता प्रेमी ब्राह्मण सभापति मिश्र की पाँच रुपए मासिक पर नियुक्ति भी हो गई। उन दिनों गोरखपुर में महावीर प्रसादजी पोद्दार नामक कर्मठ समाजसेवी थे। उनका सेठजी के प्रति विशेष सद्भाव था। वे गोविंद भवन कार्यालय, कलकत्ता द्वारा प्रकाशित गीता मँगाकर गोरखपुर में विक्रय भी करते थे। गीता प्रेस की स्थापना के प्रारंभिक दिनों में प्रेस के कार्यों में घनश्यामजी को इनसे बहुत अधिक सहायता मिली। इस प्रकार 21 अप्रैल, 1923 को गीता प्रेस की स्थापना हुई। 24 सितंबर, 1923 को सर्वप्रथम हैंड प्रिंटिंग मशीन उन दिनों 600 रुपए में खरीदी गई। घनश्यामजी ने कलकत्ता से टाइप केस आदि आवश्यक सामग्री गोरखपुर भेज दी और कंपोजिंग आदि का कार्य प्रारंभ हो गया। इसके पश्चात् क्रमशः कुछ अन्य बड़ी मशीनें भी खरीदी गईं। गीता के अनेक संस्करणों के साथ सेठजी की कुछ अन्य पुस्तकों का भी प्रकाशन हुआ। प्रेस में भारतीय संस्कृति और सनातन धर्म को आलोकित करनेवाले आर्षग्रंथों तथा धार्मिक साहित्य को छापा गया और इसका निःशुल्क वितरण न करके लागत मूल्य से बहुत कम दाम में सर्वसाधारण को उपलब्ध कराया गया।

अर्थनीति

किसी भी संस्था की सफलता के पीछे उसकी अर्थनीति केंद्रीय बिंदु होती है। अर्थ की व्यवस्था एवं उसके उचित विनियोग के अभाव में अनेक संस्थाएँ अपने उदय के कुछ समय पश्चात् ही मृतप्रायः हो जाती हैं। चंदे पर निर्भर रहनेवाली संस्थाएँ प्रायः दीर्घजीवी नहीं रहतीं। अनेक बार यह भी देखा जाता है कि दानदाताओं की व्यक्तिगत महत्त्वाकांक्षा, अधिकार लिप्सा एवं नीतियों से भी संस्थाएँ प्रभावित हो जाती हैं। इन सबको ध्यान में रखते हुए सेठजी ने गीता प्रेस की अर्थनीति निर्धारित की। यह स्मरणीय है कि

गीता प्रेस की स्थापना गोविंद भवन कार्यालय, कलकत्ता की शाखा के रूप में हुई थी। गोविंद भवन कार्यालय की ओर से सेठजी ने सत्संग प्रेमियों से बिना ब्याज, जमानत के तौर पर धनराशि जमा कराने की माँग की। गीता के प्रचार में जिनकी निष्ठा थी, ऐसे सत्संगी भाइयों ने बिना ब्याज के स्वेच्छा से धनराशि जमा की। इस प्रकार, 30,000 रुपए एकत्र हुए। आवश्यकतानुसार गोविंद भवन कार्यालय ने ये रुपए गीता प्रेस को उधार दिए। इसी धनराशि से गीता प्रेस के लिए जमीन, मशीनें आदि खरीदी गईं। इस प्रकार, तात्कालिक आवश्यकता की पूर्ति हो गई।

सेठजी ने न लाभ, न हानि (No Profit—No Loss) की अर्थनीति निर्धारित की। सस्ते मूल्य पर पुस्तक प्रकाशन की योजना के कारण गीता प्रेस को आगामी वर्षों में प्रतिवर्ष घाटा होता रहा। घाटे की यह राशि क्रमशः बढ़ती गई। इसलिए सेठजी ने ऐसी नीति बनाई कि धन, कार्य की प्रगति में बाधक न हो। किसी से चंदा न लेना पड़े और धन की प्राप्ति इस प्रकार हो कि मूल सिद्धांतों की भी प्रतिष्ठा रहे।

हमारे शास्त्रों में अहिंसा को धर्म के प्रमुख अंग के रूप में स्वीकार किया गया है। उन दिनों मारवाड़ी समाज में लाख की चूड़ियों का विशेष प्रचलन था। इससे जीव-हिंसा होती थी। सेठजी ने इसका विरोध किया और काँच की चूड़ियाँ पहनने की प्रेरणा दी। इसी प्रकार, चमड़े के जूते पहनने से पशु हत्या होती थी। अतः गोविंद भवन कार्यालय द्वारा चर्मरहित जूतों का निर्माण हुआ। सेठजी की प्रेरणा से बड़ी संख्या में लोगों ने चमड़े के जूतों का बहिष्कार करके चर्मरहित जूते पहने और समाज की महिलाओं ने काँच की चूड़ियाँ धारण कीं। काँच की चूड़ियों एवं चर्मरहित जूतों की बिक्री की अनेक स्थानों पर व्यवस्था हुई। इससे अहिंसा व्रत का पोषण हुआ और आय भी हुई।

इसी प्रकार, गीता प्रेस में पेपर एजेंसी का शुभारंभ हुआ। जहाँ से कागज, बही, कॉपी, रजिस्टर आदि बेचने की व्यवस्था हुई। बढ़ते घाटे को

देखते हुए इतनी आय पर्याप्त नहीं थी। अतः गीता प्रेस द्वारा हस्तनिर्मित कपड़ों के विक्रय की व्यवस्था आय के प्रमुख स्रोतों के रूप में हुई। गीता प्रेस वस्त्र विभाग की संपूर्ण योजना एवं इसकी सफलता के पीछे सेठजी के प्रति समर्पित मोहनलालजी पटवारी का नाम सदैव स्मरणीय रहेगा। कालांतर में आयुर्वेदिक औषधियों के निर्माण एवं विक्रय का कार्य भी हुआ। इन सब कार्यों से एक ओर जहाँ भारतीयता एवं सेठजी के जीवन मूल्यों की प्रतिष्ठा हुई, वहीं दूसरी ओर गीता प्रेस द्वारा सस्ते मूल्यों पर पुस्तक प्रकाशन के कारण हुए घाटे की पूर्ति भी हुई। आय के इन स्रोतों के कारण ही आज गीता प्रेस करोड़ों का घाटा सहकर भी बिना किसी सहयोग राशि या चंदे के सत्साहित्य के प्रकाशन का महत्त्वपूर्ण कार्य कर रहा है। इस प्रकार, गीता प्रेस की अर्थनीति का भव्य प्रासाद सेठजी की मान्यताओं एवं सिद्धांतों की सुदृढ नींव पर खड़ा हुआ। सेठजी के सभी क्रियाकलापों में प्रमुख सहयोगी एवं सलाहकार के रूप में घनश्यामजी सदैव साथ रहे।

गीता प्रेस की पुस्तकों की बढ़ती लोकप्रियता के कारण प्रारंभ में बड़ा दिखने वाला यह स्थान छोटा प्रतीत होने लगा। अतः पुनः इसी के बगल में स्थान खरीदा गया। छोटे-बड़े अनेक कक्षों का निर्माण हुआ एवं और मशीनें भी क्रय की गईं।

कल्याण का प्रकाशन

गीता प्रेस द्वारा प्रकाशित सत्साहित्य में 'कल्याण' मासिक पत्रिका का बहुत महत्त्वपूर्ण स्थान है। कालांतर में 'कल्याण' में प्रकाशित लेखों ने पृथक् पुस्तक और विशेषांकों ने बहुमूल्य ग्रंथों का आकार ले लिया! 'कल्याण' का प्रकाशन कैसे हुआ, इस संदर्भ में यह उल्लेख करना अप्रासंगिक न होगा कि एक बार प्रसिद्ध उद्योगपति श्री घनश्यामदास बिड़लाजी एक सामाजिक सम्मेलन में पधारे थे। इस सम्मेलन में सेठजी के बहुत से अनुयायी भी थे। बिड़लाजी ने एक सामान्य चर्चा के बीच यह कह दिया, ''यदि आप लोगों के पास अपने विचारों एवं सिद्धांतों का एक पत्र होता तो आपको अपने उद्देश्य में

और भी अधिक सफलता मिलती।'' इस सामान्य चर्चा के लगभग एक सप्ताह बाद भाईजी श्री हनुमान प्रसाद पोद्दार, श्री सेठजी के दर्शनार्थ भिवानी गए हुए थे। श्री भाईजी का सेठजी के प्रति गुरु भाव था। सेठजी ने इनके जीवन में अध्यात्म के जिन बीजों का रोपण किया था, भविष्य में वे धर्म, संस्कृति एवं अध्यात्म के क्षेत्र में मूल्यवान धरोहर साबित हुए। भिवानी से लौटते वक्त ट्रेन में भाईजी एवं घनश्यामजी श्री सेठजी के साथ ही आए। यात्रा के मध्य भाईजी ने घनश्यामजी के सामने बिड़लाजी वाले सुझाव की बात कह दी। गाड़ी में लक्ष्मी नारायणजी मुरोदिया भी थे। उन्हें बिड़लाजी का सुझाव बहुत पसंद आया। वे श्री भाईजी को ट्रेन के एक कोने में ले गए और पत्र के संपादन के लिए उनसे स्वीकृति माँगी। मुरोदियाजी के प्रेमपूर्ण आग्रह के समक्ष श्री भाईजी ने संपादक का दायित्व भी स्वीकार कर लिया। इसके बाद वे श्री सेठजी के पास गए और सारी बातें निवेदन के रूप में उनके सामने रखीं। श्री सेठजी ने भी पत्र के प्रकाशन को सहर्ष स्वीकृति दे दी। यहीं ट्रेन में ही पत्र का 'कल्याण' नामकरण भी हो गया। संयोगवश यह भगवान् राम का प्राकट्य दिवस चैत्र शुक्ल नवमी बुधवार 28 अप्रैल, 1923 था। इसी दिन आगामी अक्षय तृतीया को बंबई (मुंबई) से 'कल्याण' के प्रकाशन का निर्णय हुआ। 'कल्याण' की सफलता के पीछे श्री भाईजी की दीर्घकालीन साधना एवं आध्यात्मिकता से ओत-प्रोत उनका तप:पूत जीवन है। इसके प्रत्येक विशेषांक अपने-अपने विषय के विश्वकोश हैं। इसके प्रथम वर्ष के साधारण अंक एवं एक विशेषांक 'भगवन्नामांक' बंबई से प्रकाशित हुआ था। इसके बाद श्री सेठजी एवं श्री घनश्यामदासजी जालान की योजना के अनुसार 'कल्याण' का प्रकाशन गीता प्रेस, गोरखपुर से होने लगा।

'कल्याण' के संबंध में गांधीजी ने दो सुझाव दिए थे। एक, 'कल्याण' में विज्ञापन न छापा जाए, तथा दूसरा, किसी की समालोचना न छपे। महात्मा गांधी के इन दोनों निर्देशों का गीता प्रेस द्वारा अद्यावधि पालन हो रहा है। किसी मत-मतांतर की आलोचना या खंडन-मंडन से विरत रहकर सत्साहित्य

के प्रकाशन की नीति के कारण गीता प्रेस को सभी का सद्भाव मिला। सभी ने इसे अपनत्व दिया। भारत के विभिन्न धर्म एवं संप्रदाय के लेखकों ने 'कल्याण' को अपना पत्र माना। यह नीति गीता प्रेस की लोकप्रियता में बड़ी सहायक रही।

लक्ष्य के प्रति समर्पित सहयोगी

वस्तुतः महान् कार्य की सफलता के तीन अंग होते हैं—1. कुशल मार्गदर्शन, 2. लक्ष्य के प्रति समर्पित निष्ठावान सहयोगी तथा 3. अनुकूल परिस्थिति।

यदि कुशल मार्गदर्शन और निष्ठावान सहयोगी मिल जाते हैं तो प्रतिकूल परिस्थिति को भी अनुकूल होना पड़ता है। श्री सेठजी के आध्यात्मिक जीवन से प्रभावित होकर अनेक लोगों ने उनकी इच्छा, आदेश और निर्देश के पालन में ही अपने जीवन की सफलता का रहस्य पा लिया। ऐसे बहुत से लोगों ने गीता प्रेस की सेवा को ही अपने जीवन की साधना और सिद्धि मान लिया। गीता प्रेस द्वारा जिन सिद्धांतों का प्रचार-प्रसार हुआ, उसकी झलक उनके जीवन में दर्शनीय थी। गीता प्रेस की सफलता की नींव में ऐसे सहयोगियों के त्याग और बलिदान की कहानी छिपी है, जिनके जीवन की मान्यता थी कि गीता प्रेस की सेवा ही 'ईश्वर की सेवा' है। गीता प्रेस के इस महान् अनुष्ठान में सेठजी के सहयोगियों की एक लंबी सूची है। किसके कार्य का महत्त्व कितना है, यह आँकना असंभव नहीं है तो कठिन अवश्य है, पर तीन सहयोगी ऐसे मिले, जिनकी चर्चा के बिना श्री सेठजी के गीता तत्त्वज्ञान की क्रियात्मक सफलता अधूरी प्रतीत होगी। ऐसे में 'कल्याण' में प्रकाशित भुवनेश्वर मिश्र माधव के एक लेख की सहज स्मृति आ जाती है। जिसके अनुसार, "श्री सेठजी का ज्ञानयोग पूज्य स्वामी रामसुख दासजी में भक्तियोग श्रद्धेय श्री भाईजी में उतरा, तो कर्मयोग श्री घनश्यामदासजी जालान में।" यदि श्री सेठजी एवं श्री भाईजी गीता प्रेस की आत्मा और प्राण थे तो

घनश्यामदासजी गीता के शरीर थे, इसमें अतिशयोक्ति नहीं है। श्रद्धेय श्री भाईजी ने श्री सेठजी की वाणी सिद्धांतों को शब्दों का आकार दिया। 'कल्याण' के माध्यम से विभिन्न धर्म-संप्रदाय के संतों, महात्माओं, लेखकों के अनुभवों ने अपनी निजी साधना एवं भक्तिमय जीवन के अनुभवों को मिलाकर भारतीय संस्कृति एवं साधना का अमर साहित्य दिया तो आजीवन मुद्रक एवं प्रकाशक बनकर गीता प्रेस से इस विशाल साहित्य को प्रकाशित करवाकर जन-जन तक पहुँचाने का कार्य कर्मयोगी घनश्यामदास जालानजी ने किया। श्री सेठजी ने गोरखपुर में गीता प्रेस की स्थापना की स्वीकृति ही इसलिए दी थी कि 'घनश्याम सारा काम सँभाल लेगा।' समर्पण की प्रतिमूर्ति श्री घनश्यामदासजी ने इस विश्वास को पूर्ण किया। वे श्री सेठजी के सचिव सलाहकार, मित्र सभी कुछ थे। इस शृंखला की अंतिम कड़ी के रूप में पूज्य श्री स्वामी रामसुख दासजी महाराज आज 102 वर्ष की अवस्था में भी आध्यात्मिकता की वह अखंड ज्योति अनवरत प्रज्वलित किए हुए हैं। इन तीनों महापुरुषों ने श्री सेठजी के मार्गदर्शन में अपनी करनी एवं आचरण द्वारा यह प्रमाणित कर दिया कि गीता के कर्मयोग, भक्तियोग एवं ज्ञानयोग द्वारा इस कलिकाल में भी परम तत्त्व की प्राप्ति की जा सकती है। श्री सेठजी के साथ इन तीनों महापुरुषों एवं गीता प्रेस के सहयोगियों को नमन।

ऋषिकेश में गीता भवन की स्थापना तथा उस क्षेत्र का नाम 'स्वर्गाश्रम' रखना अपने आप में अनुपम है। गरमियों में लोग पहाड़ों पर जाते थे। अब स्वर्गाश्रम में आते हैं। यह वह क्षेत्र है, जहाँ निरंतर संत-महात्माओं के प्रवचन सुनने का अवसर मिलता है। स्वाध्याय एवं साधना के लिए यहाँ अनुकूल वातावरण है। तीव्र वेग से बहती पवित्र पावनी एवं प्रदूषणमुक्त माँ गंगा का दर्शन करने का आनंद इसी स्वर्गाश्रम क्षेत्र में है। माँ गंगा के शीतल जल में स्नान करने से सारी थकावट मिट जाती है और आत्मिक सुख की अनुभूति होती है।

गीता जैसी महान् ग्रंथ की व्याख्या करनेवाले बहुत से लोग मिल जाएँगे,

लेकिन बिना सिद्धांतों से समझौता किए समाज कल्याण की विभिन्न संस्थाओं को खड़ा करना, उनका कुशलतापूर्वक संचालन करना तथा उनका निरंतर विकास करते जाना ही उद्यमशीलता है। अपनी कल्पना, मान्यता एवं योजना को साकार रूप देना उद्यमशीलता है। सेठजी जयदयालजी गोयनका ऐसे ही महान् बिजनेसमैन थे।

□

प्रामाणिकता के प्रतीक हल्दीराम के मनोहरलाल अग्रवाल

श्री मनोहरलाल अग्रवाल का जन्म सन् 1954 में राजस्थान के ऐतिहासिक नगर बीकानेर में हुआ था। उनका परिवार हल्दीराम भुजियावाला के नाम से मिठाई और नमकीन बनाने में लगा था। उन्होंने सन् 1973 में राजस्थान विश्वविद्यालय से कॉमर्स में स्नातक की उपाधि प्राप्त की और फिर अपने पुश्तैनी व्यवसाय से जुड़ गए।

अपने व्यवसाय को फैलाने के उद्‌देश्य से श्री मनोहरलाल ने दिल्ली में सन् 1983 में अपना व्यावसायिक केंद्र स्थापित किया और चाँदनी चौक में एक भव्य प्रदर्शन-कक्ष भी स्थापित किया। उन्होंने अपने मिठाई के कारोबार को उद्यम का रूप दिया। अपने ग्राहकों को मिठाइयों और नमकीनों के पारंपरिक स्वाद से मंत्रमुग्ध करने में सफलता प्राप्त की। वे अपने ग्राहकों की नब्ज पहचानने और आशा से कहीं अधिक उन्हें संतुष्टि प्रदान करने में भी सफल रहे।

आधुनिक उद्योग में उत्पादन की गति जितनी तेजी से बदली है, उतनी ही तेजी से ग्राहकों के उलाहने सहने का धैर्य भी घटता चला जा रहा है, इसलिए आवश्यक है कि उत्पादन प्रारंभ में ही श्रेष्ठ हो। उत्पादन की गुणवत्ता बनाए रखने के लिए भी सतत सतर्क रहना आवश्यक है।

'हल्दीराम भुजियावाला' प्रतिष्ठान का प्रयास रहता है कि उसके उत्पादों

की कोई शिकायत न आए और यदि आ गई तो अविलंब सुधार ली जाए। ग्राहकों की संतुष्टि के प्रति ऐसी प्रतिबद्धता किसी भी व्यवसाय की प्रगति का मार्ग असंदिग्ध रूप से प्रशस्त करती है। हल्दीराम के उत्पादों में प्रयुक्त कच्चा माल भारतीय मानकों के अनुरूप तो होता ही है, अंतरराष्ट्रीय मानक संस्थान (ISO) के मानकों के भी अनुरूप होता है।

हल्दीराम संगठन अपने उत्पादों की गुणवत्ता से कभी समझौता नहीं करता, क्योंकि वह जानता है कि उसके प्रतिस्पर्धियों के उत्पादों की अपेक्षा अधिक गुणवत्तावाले उत्पादों के लिए उसका ग्राहक अधिक मूल्य देने को तैयार है।

अंतरराष्ट्रीय मानकों के अनुरूप उत्पादन के लिए कच्चे माल से पक्के माल तक की निर्माण प्रक्रिया में जिस देख-रेख की आवश्यकता होती है, उस पर 'हल्दीराम' अपने स्पर्धियों की अपेक्षा कहीं अधिक नियंत्रण रखते हैं।

'हल्दीराम' के उत्पादों की गुणवत्ता के बारे में इस प्रतिष्ठान के संस्थापक श्री मनोहरलाल अग्रवाल का कहना है कि हल्दीराम संगठन कभी औचित्य और नियम आदि की उपेक्षा नहीं करता, क्योंकि वह जानता है कि सही गुणवत्तावाले उत्पाद का कोई विकल्प नहीं होता। खाने-पीने की चीजों के संबंध में यह दृष्टिकोण और भी आवश्यक है। वे कहते हैं कि किसी नए उत्पाद के लिए हम अपनी उत्पादन इकाई में नई तकनीक का प्रयोग भी आवश्यक समझते हैं। हम जो उत्पाद आज तैयार करते हैं, उसके संबंध में हमें कल फिर विचार करने की आवश्यकता नहीं होगी। हम जानते हैं कि नए उत्पादन को स्वीकार करने में बाजार को दो से तीन वर्ष का समय लगता है। हम अपने ग्राहकों के हित और आवश्यकता पर पूरा ध्यान रखकर किसी उत्पाद को तैयार करते हैं, न कि ऐसे उत्पाद को जिसकी पूछ आज है, कल नहीं। बाजार के लिए यह विचारधारा उत्तम है। हम अगुवाई करना चाहते हैं, पिछलग्गू बनना नहीं चाहते। हम हर योजना इस प्रकार बनाते हैं कि हमारा

व्यय कम हो और उत्पाद की गुणवत्ता अधिक-से-अधिक हो। हम जानते हैं कि हम व्यापार कर रहे हैं इसलिए हम ध्यान रखते हैं कि हमारा उत्पाद भी उत्तम कोटि का हो और उसका मूल्य भी उचित हो।

श्री मनोहरलाल ऐसे व्यक्ति हैं, जिनमें भरपूर उत्साह भी है और व्यापार को आगे बढ़ाने के लिए नए-नए विचार भी। उन्होंने मिठाइयों और नमकीन का उत्पादन करनेवाले प्रबुद्ध विशेषज्ञों का संगठन तैयार कर लिया है।

उनके द्वारा स्थापित यह पहला भारतीय संगठन है, जिसने खाने-पीने की चीजों की स्वच्छता, ताजगी और कच्चे माल की प्रयोगशालीय जाँच का स्तर अंतरराष्ट्रीय मानकों के अनुरूप रखा है। उन्होंने सभी पारंपरिक प्रवृत्तियों की संभावनाओं पर विचार करके और स्वच्छता संबंधी मानकों तथा आधुनिक तकनीकों का उपयोग करके अपने उत्पादों का स्तर गुणवत्ता, स्वच्छता, स्वाद की दृष्टि से उच्चतम रखने में सफलता प्राप्त की है। आज उनके निर्देशन में हल्दीराम के उत्पादों का प्रसार देश के भीतर तो बढ़ ही रहा है, विदेशों में भी फल-फूल रहा है। उनके प्रयत्न और सूझ-बूझ से आज प्राचीन भारतीय मिठाई-नमकीन उद्योग पूर्णरूप से प्रसंस्कारित (Processed) खाद्य उद्योग का आकार ग्रहण कर चुका है।

हल्दीराम संगठन की त्वरित प्रगति तथा त्रुटिहीन दिशा-निर्देश में अनेक प्रेरक घटकों का योगदान है। गृह-प्रबंध, प्रयोगशाला, दस्तावेजी साक्ष्य आधारभूत ढाँचा तथा मूल नीतियाँ इसकी सफलता में सहायक हुई हैं तथा आज यह कार्यदल उच्च्च आदर्शों से युक्त और परिणामोन्मुखी बन चुका है।

□

मेहरा परिवार की सफल गाथा

भव्य अट्टालिकाएँ पक्की नींव पर बनती हैं। सफलता के संबंध में भी यही नियम लागू होता है।

सफलता की हर कहानी की शुरुआत एक नन्हे से अंकुर से होती है और परिणति विशाल वटवृक्ष में। सफल व्यक्तियों के जीवन पर दृष्टिपात करने पर हम सहज ही इस निष्कर्ष पर पहुँचते हैं कि उनकी सफलता का कारण यह नहीं कि उन्होंने उच्च शिक्षा पाई अथवा वे भाग्य के धनी थे, बल्कि यह कि वे दृढ निश्चयी, परिश्रमी और लगन के पक्के थे। सफलता रातोरात नहीं, बल्कि कठोर परिश्रम से ही अर्जित की जाती है।

कुछ ऐसी ही कहानी, जैग्युआर ऐंड कंपनी लिमिटेड की है। यह देश की प्रमुख स्नानगृह उपकरण बनानेवाली कंपनी है। इसकी स्थापना श्री एन.एल. मेहरा ने की थी। श्री मेहरा, जिस परिवार से आए थे, वह कभी लाहौर के कपड़ा उद्योग का सरताज था। जीवन के अनेक उतार-चढ़ाव झेलते और बाधाओं को पार करते अपने आत्मविश्वास और दृढनिश्चय के बल पर श्री मेहरा सफलता की मंजिल की ओर बढ़ चले।

ठोकरें सफलता की राह में बाधक नहीं होतीं

श्री मेहरा का जन्म लाहौर में 19 दिसंबर, 1925 को हुआ था। पारिवारिक परिस्थितियों के कारण उन्हें 15 वर्ष की अल्पायु में ही कपड़े की एक दुकान पर काम करना पड़ा। कभी उनका परिवार सफलता के शिखर पर था, परंतु

उन्हें फिर से छोटी सी शुरुआत करनी पड़ रही थी। कटु अनुभवों और मुसीबतों ने उनकी सहनशक्ति में वृद्धि की, जिसके बल पर ही वे भविष्य में आनेवाली कठिनाइयों पर विजय पाने में सफल हो सके।

युवावस्था में पदार्पण के साथ ही उनका युवामन प्रभूत शक्ति से भर उठा। यही ऊर्जा उनकी सफलता का स्रोत बनी। सन् 1947 में भारत का विभाजन हुआ। लाहौर पाकिस्तान में चला गया। मेहराजी लाहौर से स्वतंत्र भारत में आए। अब वे शरणार्थी थे। परिवार किसी तरह दिल्ली पहुँचा। परिवार को पालने की समस्या उनके सम्मुख थी। नौकरी मिलना मुश्किल था, इसलिए वे सड़क के किनारे बैठकर कटपीस कपड़े बेचने लगे। काम थोड़ा जमा तो उन्होंने आस-पास के नगरों में जाकर कपड़े बेचने की शुरुआत की।

सफलता का द्वार—सूझबूझ

सही सोच ही सफलता के द्वार खोलती है। इसके लिए व्यक्ति को कहीं भटकने की आवश्यकता नहीं होती। दूरदर्शी अपने लक्ष्य को सामने रखता है तथा अपने आप पर और अपने काम पर पूरा भरोसा करता है, भले ही दूसरे उस पर भरोसा न करें। श्री मेहरा दूरदर्शी थे। उनका लक्ष्य उनके सामने था। उन्होंने उसी पर निशाना साधा। कपड़ा व्यवसाय का इस बीच उन्हें यथेष्ट अनुभव हो चुका था। कई तरह के काम करने के बाद, उन्होंने कनॉट प्लेस में हनुमान मंदिर के सामने कपड़े की दुकान खोली। वे स्वयं खरीदारी करते, दोस्त बनाते, ग्राहकों पर पूरा ध्यान देते, उन्हें अच्छा सामान देकर उनका मन जीतते। उचित मुनाफा तो न होता पर उनका अनुभव बढ़ता गया।

छोटी शुरुआत—बड़ी सफलता

जल्दी ही उनका कारोबार बहुत बढ़ गया, पर दुर्भाग्य ने अभी उनका पीछा न छोड़ा था। दुकान में आग लग गई। देखते-देखते सबकुछ जलकर स्वाहा गया। मेहराजी फिर सड़क पर आ गए, लेकिन यह त्रासदी भी मन के उत्साह को न रोक सकी। अब दुकान खोलने के लिए उनके पास न साधन

थे, न पूँजी। कपड़े के व्यापार का अनुभव फिर काम आया। अब वे कपड़े की दलाली करने लगे और अपने अनुभव की कमाई से गुजारा करने लगे। कठिन परिश्रम से उनका अनुभव और भी सशक्त होता गया।

सफल व्यक्ति दूरदर्शी होता है

स्वतंत्रता-प्राप्ति के बाद देश में उद्योगों के विस्तार का सिलसिला शुरू हुआ। मेहराजी ने सोचा कि व्यापारिक क्रियाकलापों की अपेक्षा किसी उद्योग के द्वारा अधिक सफलता अर्जित की जा सकती है। उन्हें यह भी लगा कि व्यापार का क्षेत्र सीमित होता है, औद्योगिक उत्पादन का क्षेत्र असीमित होता है। उनकी रचनात्मक प्रवृत्ति ने उन्हें उद्योग के क्षेत्र में उतरने के लिए प्रोत्साहित किया। किसी नए औद्योगिक क्षेत्र में पहल तथा कल्पनाशीलता के द्वारा ही उन्नति का द्वार खुल सकता था। स्नानागार संबंधी उपकरणों के निर्माण का कार्य उन दिनों अपनी किशोरावस्था में था। उस क्षेत्र की बाधाएँ भी उनके सामने थीं। उनके पास न प्रचुर पूँजी थी, न तकनीकी अनुभव और न बाजार की माँग की जानकारी, परंतु वे लगन के पक्के थे। उनमें अपार दूरदर्शिता थी। उन्हें प्रतीत हुआ कि स्नानागार उपकरणों का भविष्य उज्ज्वल है। उनका विश्वास था कि इस क्षेत्र में आगे बढ़ने की काफी गुंजाइश है।

सफलता का आधार कठोर परिश्रम

फिर शुरू हुई सफलता की कहानी। श्री मेहरा ने स्नानागार से संबंधित उपकरण बनाने के लिए अपने पहले उद्योग की स्थापना 'एसको सैनिटेशन' के नाम से सन् 1960 में पुरानी दिल्ली में की। इस संस्था में उनका एक भागीदार भी था। काम छोटे स्तर पर किराए के दो कमरों में छोटे उपकरणों से और गिनती के श्रमिकों के साथ शुरू हुआ। उनका यह पहला उद्योग था। इसके प्रति उनका लगाव भी स्वाभाविक था। उन्होंने दिन-रात मेहनत की और इस क्षेत्र की, जो भी जानकारियाँ थीं, उन्हें प्राप्त करने के लिए सभी प्रयास किए। उत्पादन की जिम्मेदारी उन्होंने अपने भागीदार पर सौंपी और

बाजार तथा बिक्री की जिम्मेदारी खुद उठाई। अद्‌भुत टीम-भावना और परस्पर विश्वास इस उद्योग की सफलता का आधार बना।

गुणवत्ता

अपने उत्पादों की बिक्री के लिए श्री मेहरा ने उत्साहपूर्वक देश का कोना-कोना छान मारा। कभी अकेले, कभी किसी सहायक के साथ वे लगातार भ्रमण करते रहे।

उस युग में न प्रबंधकों की आवश्यकता समझी जाती थी, न सचिवों की, न प्रतिनिधियों की और न ही सुसज्जित कार्यालयों की। सिर्फ दृढनिश्चय और सकारात्मक सोच ही उद्योग का आधार माने जाते थे। मेहराजी का विश्वास था कि किसी उद्योग की नींव का पुख्ता आधार उसके उत्पादन की गुणवत्ता होती है। इसे ही उन्होंने अपने जीवन का ध्येय बनाया।

यह गुणवत्ता उनके कठोर परिश्रम में, उनके उत्पादों में और ग्राहकों से किए गए लेन-देन में भी दिखाई देती थी। इसी ने उन्हें वह दृढ आधार दिया, जिसने उनके सिर पर सफलता का सेहरा बाँधा।

सफलता के लिए उत्सर्ग आवश्यक

अनुभव से श्री मेहरा ने यह समझा था कि ग्राहक को जीतने के लिए उत्पाद की गुणवत्ता के साथ-साथ पारस्परिक व्यवहार का भी बड़ा महत्त्व होता है। किसी संस्था को स्थापित करनेवाला तत्त्व ग्राहकों के प्रति उसका साफ-सुथरा व्यवहार ही होता है। इसके लिए उन्होंने अपने वैयक्तिक तथा पारिवारिक जीवन का उत्सर्ग किया। कभी-कभी तो लगातार एक शहर से दूसरे शहर का चक्कर लगाते महीनों बीत जाते। हर कदम पर वे मित्र बनाते, डीलर बनाते और ग्राहकों से रू-ब-रू होते। शुरू के कई वर्ष तो अत्यंत कठिनाइयों और परेशानियों से भरे रहे। जो कुछ आय होती थी, उसे पुनः इसी उद्योग में लगा दिया जाता। उन्होंने अपने मित्रों से भी उधार लिया और उसे उद्योग में लगाया। अपनी दृढइच्छाशक्ति से वे इसे सँभालते, चलाते और आगे बढ़ाते रहे।

सफलता का आधार विश्वास और सम्मान

श्री मेहरा सकारात्मक सोचवाले व्यक्ति थे। आगे क्या करना चाहिए, इसके लिए सदा सतर्क रहते थे। अपनी भावी योजना को साकार रूप देने के लिए भी वे सदा व्यग्र रहते थे और साथ ही अपनी भूलों और त्रुटियों से सबक लेना भी जानते थे। इस बीच उन्होंने जो अनुभव अर्जित किए थे, उससे वे जल्दी ही कठिन समय से निकलने में समर्थ हुए। वे अपने नए व्यावसायिक क्षेत्र में भी अपनी छाप छोड़ने में सफल हुए। अपने इस नए साम्राज्य की उन्होंने पुख्ता नींव रखी। वे अपने क्षेत्र के सभी लोगों का विश्वास और सम्मान प्राप्त करने में भी सफल हुए। हर सफल व्यक्ति की तरह नई–नई तकनीकों तथा विकास की प्रक्रियाओं के प्रति भी वे पूरी तरह से जागरूक थे। युग की आवश्यकताओं के अनुसार वे अपने उत्पादों में सुधार करते थे और उत्पादन संबंधी नई तकनीकों का उपयोग करते थे। परिणाम अंतत: वांछित सफलता के रूप में निकला।

यश की प्राप्ति

फिर ऐसा समय भी आया कि जब उनके पास न तो पूँजी की कमी रही, न हाथों की। सच तो यह है कि उन्हें अपने उद्योग में खूब यश मिला। व्यापार तेजी से बढ़ने लगा। उन्होंने नई इकाइयाँ लगाईं, जिससे ग्राहकों की आवश्यकताओं और सुविधाओं पर विशेष ध्यान दिया जा सके। वे अपने ग्राहकों को माल की पूर्ति तो समय पर करते ही थे, साथ ही सभी प्रकार से उनके सहायक भी होते थे।

दायित्व का निर्वाह

नवें दशक के आरंभ में मेहरा परिवार की नई पीढ़ी उनकी जिम्मेदारी उठाने के लिए तैयार हो गई। अब उनकी शक्ति चौगुनी हो गई। अब अत्यंत परिश्रमी तीन युवा पुत्र भी उनके सहयोगी बने। इस प्रकार संस्था में नए रक्त का संचार हुआ। अब कंपनी के उत्पादों में सुधार करने, उन्हें नया रूप देने

तथा उनमें और अधिक गुणवत्ता लाने का प्रयास आरंभ हुआ। लड़कों को कई इकाइयों को सौंपने से पहले उन्हें इस उद्योग के सभी अंगों और चरणों के क्रियाकलापों का पूरा प्रशिक्षण दिया गया। पिछली पीढ़ी के अनुभव और नई पीढ़ी के प्रयास से संस्था ने चहुँमुखी विकास किया।

व्यापार में निरंतर बढ़ोतरी

25 वर्षों के संघर्ष व परिश्रम से अर्जित सफलता के बल पर श्री मेहरा ने एक नई कंपनी अपनी माता श्रद्धेय जै कौर के नाम से सन् 1980 में स्थापित की। आज जैग्युआर ब्रांड के उपकरण अपनी गुणवत्ता, श्रेष्ठता और विश्वसनीयता के लिए विश्व में सर्वोपरि माने जाते हैं। आज इस संस्था की गरिमा और गौरव की, जो कहानी सुनाई देती है, उसका श्रेय इस संस्था के कुशल प्रबंध तंत्र को है।

भूमंडलीकरण के इस युग में कंपनी अपने उत्पादों में नई-नई तकनीकों के सहारे सुधार करने, उनके रूप-रंग में बदलाव लाने तथा उपयोग की दृष्टि से उन्हें अत्याधुनिक बनाने में सफल हुई है।

आज कंपनी ने एक विशाल प्रतिष्ठान का रूप धारण कर लिया है। इसमें अनुभव तथा पेशेवर कार्यकर्ता, प्रबंधक, अभियंता एवं समर्पित श्रम-शक्ति का योगदान तो है ही, देश-विदेश में फैले असंख्य योग्य डीलरों का भी योगदान है। आज भी इस कंपनी का निरंतर विस्तार हो रहा है।

श्रेष्ठता की छाप

जैग्युआर की प्रसिद्धि अब संपूर्ण भारत में है। इस नाम ने होटल, रेल, सरकारी विभाग, भवन निर्माता, वास्तुकार तथा लाखों ग्राहकों का मन जीत लिया है। उत्पादों की बिक्री के बाद सात वर्ष तक कंपनी की तरफ से मुफ्त सेवा का पूरे देश में व्यवस्था है। हमारे देश के इतिहास में यह पहला प्रयास है कि कोई कंपनी इतने लंबे समय तक अपने ग्राहकों की सेवा के लिए भी प्रस्तुत रहती है। प्रचार का यह ऐसा उपाय है, जिसके द्वारा कंपनी अपने

ग्राहकों द्वारा व्यक्त किए गए अपने प्रति विश्वास का प्रतिदान करती है। भारत के सभी राज्यों में इसके 750 से अधिक व्यवसाय केंद्र हैं, जिनकी सहायता के लिए प्रादेशिक कार्यालय और प्रतिनिधि सदा कार्यरत रहते हैं। इसकी वार्षिक बिक्री 200 करोड़ के लगभग है, जिसमें प्रतिवर्ष 30 प्रतिशत की दर से वृद्धि हो रही है।

सुअवसर किसी की प्रतीक्षा नहीं करता

श्री मेहरा की सफलता का श्रेय उनके विशिष्ट गुणों को दिया जा सकता है। वे खुले मस्तिष्कवाले व्यक्ति हैं, सुझावों का सदा आदर करते हैं, समय के साथ-साथ नई तकनीकों को प्रयोग में लाते हैं। वैयक्तिक प्रसिद्धि नहीं, बल्कि टीम-भावना पर जोर देते हैं, सभी के प्रति मानवीय दृष्टिकोण रखते हैं तथा मानवता के सिद्धांतों की कभी अनदेखी नहीं करते। व्यापार में लगनेवाला कोई भी धक्का उन्हें विचलित नहीं करता, बल्कि उनकी इच्छाशक्ति को और अधिक दृढ करता है। हर आघात से वे और अधिक दृढ होकर उभरते हैं तथा अधिक उत्साह से अपने लक्ष्य की ओर अग्रसर होते हैं।

उनकी कंपनी ने लघु से बृहत्तर आकार लेते हुए सर्वोत्तम रूप धारण किया है।

□

मेरी सफलता का राज

एक बार डी.ए.वी. डिग्री कॉलेज के हिंदी विभागाध्यक्ष डॉ. जितेंद्रनाथ मिश्र ने मुझसे कहा कि आप अपनी आत्मकथा लिखें। उसी समय मुझे लगा कि संभवतः मैं अपनी आत्मकथा नहीं लिख पाऊँगा। ऐसा लगना स्वाभाविक भी था, क्योंकि प्रायः सभी के जीवन में कुछ कमियाँ, कुछ कमजोरियाँ रहती ही हैं। मुझमें सहज रूप से यह संशय व्याप गया था कि क्या मैं अपनी कमियों और कमजोरियों का उल्लेख अपनी आत्मकथा में पूरी ईमानदारी के साथ कर पाऊँगा? ऐसा ही संशय मुझे अपनी सफलता के बारे में लिखने के समय हो रहा है।

मेरा जन्म भागलपुर (बिहार) में हुआ। हाईस्कूल तक की पढ़ाई भागलपुर में ही की। वहीं हमारे घर के पास एक मारवाड़ी व्यायामशाला थी, जिसे देखने मैं नंगे ही चला जाता था। लोगों को व्यायाम करते देखता, तो थोड़ा बड़ा होने पर व्यायाम करने की प्रवृत्ति स्वयं ही जाग्रत् हो गई। मैं अपनी उम्र के हिसाब से 'डी' टीम में था। मेरे से बड़े लड़के ए, बी, सी टीम में थे, मैं लाठी अच्छी भाँजता था। एक दिन हमारे व्यायाम गुरु श्री विश्वनाथ यादव ने मुझसे कहा कि 'ए' टीम के लड़के से तुम्हारी फ्री फाइट होगी। मैंने उनकी यह बात मान ली। मैंने लाठी से हूल मारी, जो ए टीम के लड़के की आँख में लगी। उसकी आँख में खून आ गया था तथा आँख एकदम लाल हो गई। उसने इलाज कराया और ठीक हो गया। पुनः बी टीम के लड़के से फ्री फाइट

हुई। उस लड़के ने मेरी खोपड़ी पर इतना कसकर प्रहार किया कि मैं वहीं बैठ गया और मेरी खोपड़ी फटते-फटते बची। इसके बाद गुरुजी ने फ्री फाइट बंद करा दी, ताकि किसी का अंग-भंग न हो जाए। इस फ्री फाइट का एक जबरदस्त लाभ मेरे जीवन में हुआ। मैंने जाना कि संकटों का सामना साहस से करना चाहिए, कभी घबराना नहीं चाहिए। बस, बचपन में जो बुनियाद पड़ी, वह आज भी बरकरार है। संकटों से घबराना नहीं, सामना करके उन्हें दूर करने का प्रयास किया जाना जरूरी है।

बड़ा होने पर मैं बनारस आ गया। यहाँ की काशी व्यायामशाला में होरिजोंटल बार का ग्रेंड सर्कल लगाता था, जो काफी खतरनाक होता है। रिंग में आग लगाकर उसके मध्य से इस पार से उस पार गुजर जाता था। गंगा में ऊँचे से कूदता था। बचपन के इन साहसिक कारनामों ने मुझे साहस दिया, जो आज भी साथ है।

पढ़ाई समाप्त होने पर बड़े भाई के साथ उद्योग-व्यापार में लगा। सन् 69 में अलग होकर मैं स्वतंत्र व्यवसाय करने लगा। हमारे पास उद्योग नहीं था। केवल कुछ कंपनियों के सामानों की एजेंसी थी। हम पारले कंपनी के बिस्कुट के एजेंट थे। पारले के माल की क्वालिटी अच्छी थी, फिर भी इसकी माँग बाजार में पैदा नहीं हो पाई थी। स्थिति यह थी कि पारले का माल बाजार में कोई उधार भी नहीं लेता था, जबकि ब्रिटेनिया का माल नगद बिकता था। मुझे पारले की बिस्कुट की गुणवत्ता पर पूरा भरोसा था और विश्वास था कि इसकी माँग बाजार में अवश्य होगी। अपने इस विश्वास के साथ मैं खुद बाजार गया। दुकानदारों को मेरे आगमन पर सुखद आश्चर्य हुआ। मेरे इस प्रयास का यह परिणाम हुआ कि मुझे सभी का सहयोग छह गुना अधिक मिला। मैंने कंपनी को छह गुना अधिक माल का ऑर्डर दिया और तत्काल दुकानदारों को माल सप्लाई किया। मात्र तीन माह में पारले बिस्कुट ने ब्रिटेनिया की मोनोपोली तोड़ दी और उसकी माँग घट गई। पारले की बिक्री बढ़ती चली गई। मुझे कंपनी ने पत्नी सहित बंबई बुलाकर अधिकतम

बिक्री करने के लिए सम्मानित किया।

सन् 1973 में हम तीन भाइयों ने एक बड़ा उद्योग लगाने का निश्चय किया! शुरू होने से पहले आपस में मतभेद प्रारंभ हो गए, निश्चय हुआ कि उद्योग को बंद कर दिया जाए। जिस चार्टर्ड एकाउंटेंट ने हमारी कंपनी का इनकॉरपोरेशन कराया था, उसने इसे बेचने का विज्ञापन बनाने से इनकार कर दिया। उसी ने कुछ देर बाद पूछा कि इसके चलने का कोई उपाय है? मैंने कहा कि तीनों में कोई भी एक भाई ले लेगा तो चल जाएगा। सबसे पहले मैं अपना हिस्सा छोड़ने को तैयार हूँ। दोनों भाइयों ने उद्योग बैठाने एवं चलाने में अपनी असमर्थता व्यक्त कर दी। अंततः मुझे उस उद्योग को लेना पड़ा। मेरे पास पैसा नहीं था, मेरी संकल्पशक्ति एवं साहस ने मेरा साथ दिया।

बिना पैसे के उद्योग चला। फिर मेरे बच्चे भी साथ देने आ गए, तब से निरंतर हम बढ़ते चले गए। उद्योग का विस्तार भी किया तथा नए उद्योगों की स्थापना भी की। हमने भारत में पहली बार तेल के क्षेत्र में समन्वित उद्योग की स्थापना की, यानी एक मिल का पक्का माल दूसरी मिल का कच्चा माल हो गया। सन् 92 में मेरे एक लड़के ने परिवार से अलग होने की इच्छा व्यक्त की! मैंने कहा, ''आप तीनों भाई चाहें तो अपनी इच्छानुसार अलग-अलग हो सकते हैं। मुझसे बँटवारा करने को कहा गया तो मैंने कहा कि आप तीनों आपस में बँटवारा कर सकते हैं। मैं उस बँटवारे को अपनी स्वीकृति प्रदान कर दूँगा। मैंने तीनों को केवल इतना ही कहा कि बँटवारे के बाद अपना उद्योग व्यवसाय बढ़ाओगे तो मुझे प्रसन्नता होगी और अगर बरबाद कर दोगे तो सबसे अधिक दुःख भी मुझे होगा। मैं बड़े लड़के के साथ रहने लगा, जिसने वनस्पति प्लांट लगा रखा था। उसका विस्तार होने लगा और आज वह भारत के सर्वोच्च उत्पादन की एकल इकाई है।

हमने बिना लाइसेंस के वनस्पति बनाया। भारत सरकार ने उच्च न्यायालय में केस दाखिल किया। हम वहाँ जीते। फिर सरकार ने सर्वोच्च न्यायालय में अपील दायर की, हम वहाँ भी जीते। इस प्रकार, हम भारत के प्रथम बिजनेसमैन

बने, जिसने बिना सरकारी लाइसेंस के वनस्पति बनाकर दिखा दिया।

मैंने काशी हिंदू विश्वविद्यालय के इंजीनियरिंग कॉलेज की सालाना प्रदर्शनी देखी। एफ.बी.सी. बॉयलर के एक मॉडल को देखकर मैं बड़ा प्रसन्न हुआ। कारण उसकी कार्यक्षमता सर्वाधिक थी। मैंने देखा कि बड़े-बड़े थर्मल पॉवर हाउसों में वह बॉयलर लगा था, लेकिन हमारे जैसे छोटे उद्योग में नहीं लगा था। सो मैंने अपने लड़के को चेकोस्लोवाकिया भेजा। स्कोडा कंपनी में छोटा बॉयलर देखकर भारत में बनवाया और इस प्रकार छोटे उद्योग में सबसे पहले एफ.बी.सी. बॉयलर लगाने एवं उसे सफलतापूर्वक चलाने का श्रेय पूरे भारत में हमें मिला।

मैंने खाद्य तेल को परिष्कृत करने की विद्या सीखने लड़के को जापान भेजा और वहाँ से आकर रिफाइनरी लगाई, वह भी कायदे से चली। हमारी रिफाइनरी कम लागत में स्वदेशी तकनीक पर आधारित थी। इस तरह हमारे पास तेल मिल, सालवेंट प्लांट, तेल की रिफाइनरी, पशु आहार एवं वनस्पति प्लांट हो गया। हमने दूसरे उद्योग के निर्माण की राय लेने के लिए दिल्ली की यात्रा की तथा फ्रीज ड्राइंग तकनीक पर आधारित उद्योग बैठाने का निश्चय किया और वह भी भारत में निर्मित प्रथम उद्योग हो गया।

हमारे उद्योग में कभी हड़ताल नहीं होती। सारे कर्मचारी एक परिवार की तरह रहते हैं। हम कभी बैंक या वित्तीय संस्थाओं के ऋणों को चुकाने में एक दिन का भी विलंब नहीं करते। यही कारण है कि हमारी रेटिंग सर्वोच्च रहती है। जिस पार्टी से माल खरीदा है, उसे भी पैसा लेने के लिए दोबारा नहीं आना पड़ता। यह निश्चित है कि व्यवसाय में, जो समय से देना जानता है, वही व्यवसाय करना जानता है।

मैंने सन् 1954 में बी.एस-सी. रसायन शास्त्र के साथ की। मेरी उम्र 20 वर्ष की थी। मेरे परिवार में एक पत्रकार आते थे। उन्होंने मुझे लेख लिखने के लिए प्रेरित किया। मैंने कहा कि मुझे लिखना नहीं आता तो उन्होंने कहा कि तुम लिखो, हम उसे देख लेंगे और अपने अखबार में छाप भी देंगे। उस

समय हम लोग कपड़ा धोने के साबुन का निर्माण करते थे। मैंने बी.एस-सी. में साबुन बनाने के बारे में पढ़ा भी था। अतः साबुन पर ही पहला लेख लिख डाला। वह शुद्ध होकर समाचार-पत्र में छपा, जिसे देखकर मुझे बड़ी प्रसन्नता हुई। मैं चूँकि विज्ञान का विद्यार्थी था, अतः दूसरा लेख 'अणु की संहारक शक्ति' पर लिखा। कुछ वर्ष पूर्व ही जापान के नागासाकी एवं हिरोशिमा पर अणु बम ने कितनी तबाही की थी, यह बताने की आवश्यकता नहीं। लाखों लोग मरे और विकलांग हुए थे। इस लेख को यहाँ के प्रमुख अखबार ने मुख्य पृष्ठ पर छापा। कई विशिष्ट लोगों ने मुझे साधुवाद दिया। मैं लेख लिखने के प्रति उत्साहित हो गया। अब तक कम-से-कम एक हजार लेख विभिन्न विषयों पर लिख चुका हूँ। मेरा संकल्प है कि मैं आजीवन वर्ष में एक पुस्तक निश्चित रूप से लिखूँगा।

सन् 1958 में मैं रोटरी क्लब बनारस का सदस्य बना। किसी विशिष्ट वक्ता के आने पर क्लब मीटिंग में प्रत्येक रोटेरियन को अपना नाम एवं परिचय देना होता था। हालत यह थी कि मैं अपना नाम भी खड़ा होकर नहीं बोल पाता था। घबराहट हो जाती थी और मुझे टॉयलेट जाने की इच्छा होती थी। मुझे अन्य लोगों को मीटिंगों में बोलते देखकर आश्चर्य होता था कि ये कैसे बोल पाते हैं, मैं क्यों नहीं बोल पाता? एक बार सेठ गोविंद दासजी मेरे घर पधारे। मैंने उनसे पूछा कि आपके सुपुत्र बहुत छोटी उम्र में मध्य प्रदेश के मंत्री कैसे बन गए? श्री दास ने मुझे बताया कि वह कमरे में दर्पण के सामने खड़ा होकर बोलने का अभ्यास करता था और मात्र 23 वर्ष की उम्र में एक अच्छा वक्ता बन गया। मैंने भी थोड़ा अभ्यास इसी प्रकार किया और रोटरी क्लब की बैठकों में बोलने लगा। अब बोलने में हिचकिचाहट नहीं होती। अब मैं किसी भी विषय पर कभी भी थोड़ी देर के लिए तो बोल ही सकता हूँ। अपनी लगन एवं अभ्यास के कारण मैं बोलना सीख गया।

बचपन से व्यायाम में रुचि थी। सन् 1955 में मैंने पढ़ाई छोड़ दी और पूरी तरह व्यवसाय में लग गया। पढ़ाई छोड़ने पर व्यायामशाला भी जाना छूट

गया। यों तो सन् 1950 से ही मैं प्रातः भ्रमण करता था, लेकिन नित्यता तो पढ़ाई छोड़ने के बाद सन् 1955 में आई। मुझे आज नियमित प्रातः भ्रमण करते 60 साल हो गए; चाहे देश, प्रदेश या विदेश में रहूँ। प्रातः भ्रमण के साथ 30-40 मिनट का योग भी करता हूँ। मैंने देखा कि प्रातः भ्रमण एवं योग एक-दूसरे के पूरक हैं। आज उम्र के हिसाब से मेरा स्वास्थ्य बहुत अच्छा है। जीवन का आनंद लेता हूँ। बच्चों की सी हरकतें आज भी करता हूँ। हँसी-मजाक करना, काम में थकान न आना, जोखिम भरे काम में भी न घबराना, कम-से-कम 18 घंटे नित्य कार्यरत रहना आदि मेरी दिनचर्या के अनिवार्य हिस्से हैं। अपनी उम्र के हिसाब से मैं अच्छे स्वास्थ्य और आकर्षक व्यक्तित्व का स्वामी हूँ।

□

कर्म-भाग्य एवं प्रभुकृपा

सफल व्यक्ति को देखकर प्रतिक्रियास्वरूप हम कहते हैं कि वह मुकद्दर का सिकंदर है, उस पर प्रभु की बहुत कृपा है। यह कहकर हम संतोष कर लेते हैं, लेकिन यह जानने का प्रयास नहीं करते कि उसकी सफलता का राज क्या है? हर सफलता के पीछे दृढ़ संकल्प, कार्यनिष्ठा, लगन एवं संघर्ष करने की प्रवृत्ति होती है। जब तक हम सफलता का राज जानने का प्रयास नहीं करते तो सफल होंगे कैसे? प्रस्तुत लेख में हम यह स्पष्ट करने का प्रयास करेंगे कि भाग्य क्या है, उसका निर्माण कैसे होता है? भाग्यफल मिलता कैसे है? प्रभुकृपा भी किसके ऊपर होती है? यह सब जानना आवश्यक है, वरना स्वयं में सुधार लाना असंभव है।

हमारे कर्म का फल हमें तीन प्रकार से मिलता है। एक तो तत्काल दूसरा इसी जन्म में तथा तीसरा जन्म-जन्मांतर में। हमने भोजन करने की क्रिया की, पेट भर गया। क्रिया का फल तत्काल मिल गया। हमने घूमना प्रारंभ किया, लाभ तो कालांतर में मिलेगा, लेकिन इसी जीवन में मिलेगा। हमने किसी को दान दिया, आवश्यक नहीं कि लाभ इसी जन्म में मिल जाए। यह जन्म-जन्मांतर तक मिलता रहेगा।

इस प्रकार, कर्मफल मिलने के संबंध में हमने जाना, लेकिन कर्म हम कैसे करते हैं और कर्मफल कैसे पाते हैं, इसकी जानकारी आवश्यक है। प्रभु ने हमें काम करने के लिए सभी उपकरण दे दिए हैं; जैसे-हाथ, पैर, मन,

बुद्धि, विवेक। ये सारे उपकरण शरीर में प्राण रहने तक काम करते हैं। प्राण गए कि सारे उपकरण बेकार। जैसे बिजली की मोटर में जब तक करेंट नहीं आएगा, तब तक मोटर की कोई उपयोगिता नहीं। बिना करेंट के मोटर बेकार है। मोटर में करेंट आने के बाद ही उसका कोई उपयोग हो सकता है। उससे हीटर चलाएँ, चाहे कूलर या अन्य कोई उपकरण। इसी प्रकार शरीर में सारी इंद्रियाँ हैं, लेकिन अगर प्राण न हों तो सारी इंद्रियाँ बेकार हैं। प्राण आने के बाद शरीर का उपयोग हम अच्छे काम में भी कर सकते हैं और बुरे काम में भी कर सकते हैं। हम काम करने के लिए स्वतंत्र हैं। प्रभु ने हमें बुद्धि-विवेक दिए हैं, ताकि हम सही काम का निर्धारण कर सकें। काम करने में तो हम स्वतंत्र हो गए, लेकिन फल पाने में हम परतंत्र हैं। फल मिलना तो निश्चित है, लेकिन यह कब, कितना और किस रूप में मिलेगा, यह हम नहीं जानते। प्रभु ही हमें यह फल देते हैं। चूँकि फल का समय, प्रकार एवं मात्रा का निर्धारण प्रभु द्वारा होता है इसलिए हम कह देते हैं कि हमें जो कुछ मिला, प्रभुकृपा से मिला। फल जब मिलता है तो उसे हम भाग्य या प्रारब्ध कह देते हैं, लेकिन भाग्य या प्रारब्ध भी तो कर्मफल ही है। जिस प्रकार सारे पेड़-पौधे एक ही समय सीमा के अंदर फल नहीं देते, जैसे केला-पपीता एक साल और नारियल का पेड़ फल देने में 10-20 साल लगा देता है, उसी प्रकार हमारे विभिन्न प्रकार के कर्मों का फल भी विभिन्न समय पर मिलता है। यह सिद्धांत आज तक कोई समझ नहीं पाया कि कौन से कर्म का फल हमें कब मिलेगा। यह राज केवल प्रभु ही जानते हैं। इसका कारण यह है कि कर्म हमने आज किया, लेकिन फल इस जन्म में मिलेगा या जन्म-जन्मांतर में मिलेगा, हम नहीं जानते। तो कर्मफल का हिसाब कौन रखता है, कहाँ रखता है, ये सब बड़े गहन विषय हैं। अतः भगवान् कृष्ण ने गीता में कह दिया कि ''गहना कर्मणो गतिः'', यानी कर्म की गति बड़ी गहन है। यहाँ 'गहन' शब्द में इसकी सारी गहराई छिपी हुई है। इसमें एक अर्थ और भी स्पष्ट हुआ कि जीवन एवं कर्मफल इसी जीवन में ही सीमित नहीं है। यह

पहले भी था और बाद में भी रहेगा। जीवन एक शृंखला है और उस शृंखला में वर्तमान जीवन एक कड़ी है। मगर ऐसा नहीं होता तो जन्म में भेद नहीं होता, जैसे कोई राजा के घर पैदा होता है तो कोई गरीब के घर, कोई अपंग पैदा होता है तो कोई सभी अंगों के साथ, कोई बुद्धिमान पैदा होता है तो कोई मूर्ख। मैंने इस जीवन में संत-महात्मा भी देखे हैं, लेकिन पूर्व जन्म के फल के कारण कैंसर या अन्य बीमारियों से ग्रस्त बीमार भी देखे हैं। कई ऐसे भी मिलेंगे, जो इस जन्म में गलत कार्यों में लिप्त रहते हुए भी मौज-मजा लेते हैं। यहाँ बुद्धि काम नहीं करती कि संत-महात्मा कष्ट पाएँ एवं गलत आदमी मौज-मजा करें। अत: हम यह मानने को विवश हो जाते हैं कि अच्छा काम करेंगे तो अच्छा फल मिलेगा और बुरा काम करेंगे तो बुरा फल मिलेगा? यह भी निश्चित है कि भाग्य अपने आप नहीं आ गया। यह भी हमारा कर्मफल ही है। यानी हमारे भाग्य का निर्माण हमारे कर्म ने ही किया है। भाग्य के मूल में हमारा पिछला कर्म ही है इसीलिए तुलसीदासजी ने भी कह दिया, ''कर्म प्रधान विश्व रचि राखा, जो जस करहिं सो तस फल चाखा।'' हमारे धर्मशास्त्रों ने भी कह दिया कि शुभ-अशुभ कर्मफल, अवश्य ही भोगना पड़ेगा। ''अवश्यमेव भोक्तव्यं कृतं कर्म शुभाशुभम्।''

अब प्रभुकृपा क्या है, यह समझना आवश्यक है। हमारे प्रभु न तो किसी पर कम कृपा करते हैं और न किसी पर ज्यादा। क्या किसी को भगवान् सूर्य का प्रकाश कम मिलता है? किसी पर माँ गंगा क्या ज्यादा मेहरबान होती हैं? क्या पवन देवता किसी के प्रति कम या अधिक दयालु हैं? प्रभु का स्वभाव 'समता' का है, किसी के प्रति विषम है ही नहीं। प्रभुकृपा के अर्थ को स्पष्ट करने के लिए अंग्रेजी की एक कहावत का यहाँ उल्लेख करना उचित होगा। ''God helps those who help themselves.'' प्रभुकृपा हमें हमारे कार्यानुसार अपने आप मिलती है। जैसे गंगा से जल लाना है तो जितना बड़ा पात्र होगा, जल की मात्रा उसी के अनुरूप होगी, यानी हमारे पात्र के अनुरूप ही गंगाजल की मात्रा होगी। इसी प्रकार, हमारी

पात्रता के अनुरूप ही प्रभु की कृपा की मात्रा होगी। हमारी पात्रता हमारे शुभ एवं अशुभ कर्मों से बढ़ती-घटती है, यानी जो कर्म नहीं करता, प्रभु उसकी गरीबी कैसे दूर करेंगे? क्योंकि आलस्य ही गरीबी है, परिश्रम ही पूँजी है।

इस प्रकार कर्म के सिद्धांत से एक बात बिलकुल स्पष्ट हो जाती है कि भाग्य एवं प्रभुकृपा के मूल में हमारा कर्म ही है। हमारे भाग्य एवं प्रभुकृपा का निर्माण हमारे कर्म ही करते हैं।

कर्म सिद्धांत तो बड़ा गहन विषय है, लेकिन कर्म सिद्धांत का एक पक्ष और समझना आवश्यक है। हम कर्म के कर्ता भी हैं तथा फल के भोक्ता भी हैं। लेकिन अगर हमारा कर्तापन का भाव चला जाए तो क्या हम भोक्ता नहीं रहेंगे? कर्ता एवं भोक्ता जब रहेंगे तो साथ रहेंगे। जैसे सुख-दुःख साथ रहते हैं, उसी प्रकार कर्तापन एवं भोक्तापन भी साथ रहते हैं। भक्त भगवान् को जब समर्पित हो जाता है तो कहता है कि यह शरीर आपका है। आप जो इससे कराना चाहें, करा लें। न तो वह अच्छे कर्म का श्रेय लेता है और न बुरे कर्म करता है। ऐसे व्यक्ति को जिसके कर्तापन के भाव का लोप हो गया हो, उसका भोक्तापन तो स्वतः समाप्त हो जाता है। वह सारी क्रियाएँ ईश्वरार्पण करके करता है, अतः कर्ता या भोक्ता नहीं होता।

कर्म सिद्धांत के इस गहन विषय को मैंने अपने बुद्धि-विवेक के अनुसार स्पष्ट करने की चेष्टा की है। हम केवल कर्म करें, फल पाने के लालच में कर्म न करें। फल का मिलना, जब निश्चित है तो फल पाने की प्रतीक्षा क्यों करें? यह गीता का सिद्धांत बड़ा ही अनूठा है और समझने-अपनाने लायक है। हम केवल कर्तव्य कर्म करते रहें, धर्मपालन तो अपने आप हो जाएगा, क्योंकि धर्म आचरण में पलता है एवं सेवा से व्यापक होता है। अतः भाग्य एवं प्रभुकृपा स्वतः मिल जाएगी। बिना कर्म किए केवल भाग्य एवं प्रभुकृपा के आश्रित रहनेवाला व्यक्ति जीवन में कभी सफल हो नहीं सकता।

मनुष्य की एक कमजोरी और है कि वह पाप कर्म करके उसका फल नहीं भोगना चाहता, जबकि बिना पुण्य कार्य उसका फल चाहता है। यह भी

कभी संभव नहीं होगा। कर्मफल सिद्धांत में पाप-पुण्य का फल अलग-अलग मिलता है। दोनों का समायोजन करके नहीं मिलता। पाप करेंगे तो कष्ट भोगना ही पड़ेगा और पुण्य कार्य करेंगे तो सुख को कोई छीन नहीं सकता। यह संसार कर्मों की खेती है। इस संसार रूपी खेत में, जो अच्छे कर्मों का बीज बोएगा, वह सुख पाएगा और जो बुरे कर्मों का बीज बोएगा, वह दुःख पाएगा। यह ईश्वरीय विधान है, जिसे ईश्वर भी नहीं तोड़ते। मंदिर, मसजिद, तीर्थ, व्रत करने से बुरे कर्म होने की संभावना कम होती है तथा ईश्वर के प्रति आस्था दृढ होती है, किंतु इससे हमारे किए हुए अच्छे-बुरे कर्मों का फल नहीं कटता। वह तो एक-न-एक दिन भोगना ही पड़ेगा।

कर्म सिद्धांत का सर्वश्रेष्ठ प्रतिपादन करनेवाली हमारी 'श्रीमद्भगवद्गीता' पुस्तक नहीं, देश का मस्तक है। भगवान् कृष्ण ने अर्जुन को गीता का उपदेश ऐसी विषम परिस्थिति में दिया था, जब अर्जुन के लिए यह निर्णय कर पाना कठिन था कि कर्तव्य क्या है। यह अनिश्चय और दुविधा की स्थिति मानव के जीवन में आती है। 'श्रीमद्भगवद्गीता' का मूल प्रतिपाद्य विषय ही दुविधा एवं अनिश्चय को समाप्त कर देना और कर्तव्य कर्म में प्रवृत्त करना ही है।

गीता अनासक्त होकर कार्य करने की प्रेरणा देती है। समता का भाव ही अनासक्ति का द्योतक है। समदर्शन करनेवाले को न तो दुःख में उद्विग्नता होती है और न सुख में स्पृहा (प्रीति)। गीता कहती है—"योगः कर्मसु कौशलम्", यानी कुशलतापूर्वक किया गया कर्म ही योग है। योग क्या है? "आसक्ति त्यागकर समुचित कर्म करना ही योग है। हे अर्जुन! तुम्हारा कर्म करने में अधिकार है, फल तो प्रकृति की सारी शक्तियों के योग से आता है। अतः तुम फल की आशा छोड़ कर्म करने में प्रवृत्त हो जाओ।"

अर्जुन युद्ध रूपी कर्तव्य कर्म करने से विमुख हो गया, यह सोचकर कि यह कर्तव्य यदि युद्ध है तो विनाशकारी है और यदि पलायन है तो कायरता है एवं सामाजिक हितों के विरुद्ध से, इस ऊहापोह रूपी अंधकार में डूबते

अर्जुन के माध्यम से भगवान् कृष्ण ने गीता के रूप में कर्तव्य, जीवन के उद्देश्य एवं जीने की कला की सुंदर एवं अद्भुत व्याख्या प्रस्तुत की तथा इसे कर्मयोग नाम दिया। यह ग्रंथ हमें जीवन जीने की कला देता है तथा हमारे जीवन को मूल्यवान बनाती है।

सार्थक जीवन का मूलमंत्र है क्रियाशील जीवन। कल्पना को साकार करने के लिए कर्म का आश्रय अनिवार्य है। कर्मशीलता हमारे जीवन को उपयोगी एवं मूल्यवान बनाती है। कर्महीनता हमें विनाश के गर्त की ओर ले जाती है। गीता के सूत्रों को अपने जीवन में धारण करनेवाला व्यक्ति संपूर्ण मानव बनता है। ऐसे व्यक्ति का सफल बिजनेसमैन बनना निश्चित है। ऐसा व्यक्ति संपूर्ण मानव होकर जीवन के हर क्षेत्र में सफल होगा।

□

मंथन

मंथन शब्द का अर्थ बड़ा व्यापक है। हमारे शास्त्रों के अनुसार, समुद्र मंथन के बाद पहले विष आया, फिर अमृत आया। समुद्र मंथन से लक्ष्मी का प्रादुर्भाव भी हुआ। गहराई में जाने पर यह शंका होती है कि समुद्र मंथन से मिलेगा क्या? दूध-दही के मंथन से तो मक्खन मिलेगा, लेकिन पानी का तो जीवन भर मंथन करते रहें, वह रहेगा पानी का पानी। आखिरकार हमारे शास्त्रकारों ने समुद्र मंथन से क्या संदेश देना चाहा है?

इसका अर्थ मैंने यह निकाला कि समुद्र मंथन का अर्थ है लगातार परिश्रम। जब तक परिश्रम करते रहेंगे, लक्ष्मी आती रहेगी। मंथन में पहले विष का आना ही संकेत देता है, अमृत आने को है। प्रयास करते रहें, मंथन को बंद न कर दें। गुलाब के पौधे में काँटे आते हैं और यह संकेत देते हैं कि गुलाब आनेवाला है। जीवन में दुःख का आना यह संकेत देता है कि सुख आनेवाला है। यह जीवन का क्रम है। रावण आया तो राम के आने की संभावना भी बनी। कंस आया तो पक्का है कि कृष्ण आएँगे। मनुष्य अपने प्रयासों से विरत न हो जाए, इसलिए समुद्र मंथन रूपी प्रयास निरंतर जारी रखें।

एक बार गुजरात के मीठापुर स्थित टाटा केमिकल्स की फैक्टरी में जगद्‌गुरु शंकराचार्य महाराज को जे.आर.डी. टाटा ने बुलवाया। वे चाहते थे कि महाराजश्री के चरण फैक्टरी में पड़ जाएँ। महाराजश्री को जीप में पूरी फैक्टरी का अवलोकन कराया गया। उन्होंने पूछा कि आप इस फैक्टरी में

क्या करते हैं? तो बताया कि समुद्र का जल लेकर सुखाते हैं, पहले नमक बनता है। उस नमक से विभिन्न रसायन बनाए जाते हैं। जैसे- सोडा ऐश, सोडियम बाई कार्बोनेट, हाइड्रोक्लोरिक एसिड, कास्टिक सोडा, ब्लीचिंग पाउडर आदि-आदि। उस समय टाटा केमिकल्स की कुल बिक्री सात सौ करोड़ थी। यह सुनते ही महाराजश्री ने बताया कि यही अर्वाचीन समुद्र मंथन है, यानी सात सौ करोड़ की पूँजी का निर्माण हुआ, अर्थात् लक्ष्मी का आगमन हुआ। महाराजश्री से समुद्र मंथन की यह व्याख्या सुनकर सभी अत्यधिक प्रसन्न हुए। मंथन से लक्ष्मी का निकलना या मक्खन निकलना यह संकेत देता है कि असली चीज चाहते हो तो मंथन की प्रक्रिया चालू रखो।

मैंने शास्त्रार्थ में देखा कि किसी मत या अर्थ के खंडन-मंडन में बहुत से तर्क दिए जाते हैं। ये तर्क उस शास्त्र के अर्थ को प्रतिपादित करते हैं, यानी शास्त्र के गहरे अर्थों को उद्घाटित करने के लिए शास्त्रार्थ रूपी मंथन आवश्यक है। यह हुआ शास्त्र मंथन।

हमारी संसद् या विधानसभा में क्या होता है? पक्ष-विपक्ष के प्रतिनिधि विभिन्न तर्कों से अपना पक्ष प्रस्तुत करते हैं। इस प्रकार के तर्क-वितर्क से विषय-वस्तु की गहराई तक पहुँचना संभव हो पाता है। पक्ष-विपक्ष का यह मंथन ही हमें सर्वोच्च नियम-कानून दे पाता है और उन्हीं नियम-कानूनों से हम संचालित होते हैं।

यज्ञ के प्रारंभ में अरणि (लकड़ी) मंथन होता है। यज्ञ की अग्नि प्रादुर्भाव इसी अरणि मंथन से किया जाता है। लकड़ी देखने से नहीं पता चलता कि इसमें अग्नि है। दूध देखने से नहीं पता चलता कि इसमें मक्खन है, लेकिन मंथन ही ऐसा है, जो उस छिपी हुई वस्तु को प्रकट कर देता है। हमारे शास्त्रकार चाहते तो बाहर की अग्नि से भी यज्ञ का शुभारंभ करा देते, लेकिन हर कार्य शुभारंभ जब मंथन से होगा तो सही होगा, यानी मंथन में तो अंतिम सत्य उद्घाटित होता है। दही मंथन से निकला मक्खन अंतिम सत्य है। मक्खन के बाद कुछ निकलनेवाला नहीं, चाहे जितना मंथन करें।

गांधीजी ने देश को आजाद कराने के लिए, जो संघर्ष किया अर्थात् अन्याय का प्रतिकार किया, वह भी मंथन ही था। संघर्ष में शरीर एवं मन का पूरा मंथन होता है। संघर्ष के लिए शरीर को कितनी यातनाएँ सहनी पड़ती हैं। मनोमंथन के द्वारा विचारों में स्पष्टता आती है, ताकि वे ही विचार फिर क्रिया रूप में परिणत हो सकें।

बच्चा पैदा होता है पति-पत्नी के संयोग से। इस संयोग में भी मंथन की क्रिया आवश्यक है। पति-पत्नी का यह मंथन ही सृष्टि में नया मानव पैदा करता है।

वकीलों के लिए कानून की पुस्तक एक ही होती है। घटना को अपने पक्ष में करने के लिए वे बारीकी से अपना पक्ष प्रस्तुत करते हैं। जब तक पक्ष-विपक्ष द्वारा घटना का पूरे तर्क-वितर्क देकर विवरण प्रस्तुत नहीं किया जाता, तब तक निर्णय सही नहीं आता। यह दोनों पक्षों का तर्क-वितर्क ही मंथन है। अगर यह मंथन नहीं होगा तो सही निर्णय हो नहीं सकता। कभी-कभी बिना तर्क सुने एकतरफा फैसला होता है, लेकिन एकतरफा फैसला कभी सही नहीं होता। पूर्णता प्रदान करने के लिए तर्क-वितर्क रूपी मंथन आवश्यक है।

शरीर को स्वस्थ रखने के लिए हम भ्रमण, फ्री हैंड एक्सरसाइज और यौगिक क्रियाएँ करते हैं। यह भी शरीर मंथन है। अगर ये क्रियाएँ नहीं होंगी तो शरीर भी साथ नहीं देगा, बीमारी से ग्रस्त रहेगा। शरीर को वश में रखने के लिए मंथन आवश्यक है। ये मंथन रूपी शारीरिक क्रियाएँ प्रसन्न एवं स्वस्थ रखती हैं।

खिलाड़ी हो या तैराक, पहलवान हो या बॉडी बिल्डर; प्रत्येक को रियाज करना पड़ता है, तभी उसे उपलब्धि प्राप्त होती है। यह मेहनत ही उनका मंथन है, जो उन्हें उपलब्धि के शिखर तक पहुँचाने का कारक होता है।

उद्योग या व्यापार में समस्याओं का समाधान खोजनेवाले अपना मनोमंथन

करते हैं। अपने मनोमंथन से भी रास्ता साफ नहीं दिखाई देता तो अन्य प्रबुद्ध लोगों से मंत्रणा करते हैं, तब जो निष्कर्ष निकलता है, वही उनका मार्ग प्रशस्त करता है।

गोष्ठियों में एक ही विषय पर विभिन्न विद्वान् अपने-अपने विचार व्यक्त करते हैं, जिससे विषय-वस्तु का खुलासा होता है, ताकि विषय की उपयोगिता स्पष्ट हो सके। गोष्ठियाँ भी विचार मंथन हैं। अगर यह मंथन नहीं होगा तो विषय की गहराई तक पहुँचना संभव नहीं होगा। इस प्रकार, चाहे समुद्र मंथन हो या शास्त्र मंथन, मनोमंथन हो या शरीर मंथन, मंथन ही सर्वोपरि है। हमें सर्वश्रेष्ठ उपलब्धि हासिल होगी, तो मंथन से।

संघर्षपूर्ण जीवन ही मानव का श्रृंगार है। संघर्ष भी मंथन है। जीने के लिए कड़ी मेहनत, उन्नति के लिए कड़ा संघर्ष, प्रतिष्ठित होने के लिए भीषण स्पर्धा, शिखर तक पहुँचने के लिए कुछ भी कर गुजरने की हिम्मत ही सफल बिजनेसमैन के लक्षण हैं। संघर्ष, कड़ी मेहनत, भीषण स्पर्धा आदि मंथन ही हैं।

□

भीष्म के नीतिगत उपदेश

भगवान् कृष्ण द्वारा प्रशंसित होने पर भीष्म ने कमजोरी और कष्ट के कारण उपदेश देने में अपनी असमर्थता प्रकट की। भगवान् कृष्ण ने उन्हें कष्टमुक्त किया और वे राजधर्म का उपदेश देने के लिए तैयार हो गए। भीष्म कहने लगे, ''बेटा युधिष्ठिर! तुम सदा पुरुषार्थ के लिए प्रयत्नशील रहना। पुरुषार्थ के बिना केवल प्रारब्ध राजाओं का प्रयोजन सिद्ध नहीं कर सकता। यद्यपि कार्य की सिद्धि में पुरुषार्थ और प्रारब्ध ये दोनों साधारण कारण माने गए हैं, तथापि मैं पुरुषार्थ को ही प्रधान मानता हूँ। प्रारब्ध तो पहले से ही निश्चित बताया गया है। अतः यदि आरंभ किया हुआ कार्य पूरा न हो सके अथवा उसमें बाधा पड़ जाए तो इसके लिए तुम्हें शोक नहीं मनाना चाहिए। तुम सदा अपने आपको पुरुषार्थ में ही लगाए रखना। यही राजाओं की सर्वोत्तम नीति है।

''राजाओं के लिए सत्य से बढ़कर दूसरा कोई ऐसा साधन नहीं है, जो प्रथम दृष्टि में उसके प्रति विश्वास उत्पन्न करा सके। जो राजा गुणवान, शीलवान, मन और इंद्रियों को संयम में रखनेवाला, कोमल स्वभाव, धर्मपरायण, जितेंद्रिय, देखने में प्रसन्न मुख और बहुत देनेवाला उदारचित्त है, वह कभी राजलक्ष्मी से भ्रष्ट नहीं होता।

''राजा आवश्यकतानुसार कठोरता एवं कोमलता दोनों का अवलंबन करे। जैसे वसंत ऋतु का तेजस्वी सूर्य न तो अधिक ठंडक पहुँचाता है और न

कड़ी धूप ही देता है, उसी प्रकार राजा को भी न तो बहुत कोमल होना चाहिए और न अधिक कठोर होना चाहिए।

''राजा को सभी प्रकार के व्यसनों में आसक्ति का परित्याग करना चाहिए। राजा को स्वयं को प्रिय लगनेवाले विषय का परित्याग करके सब लोगों के हितार्थ कार्य करने चाहिए।

''राजा को अपने सेवकों के साथ अधिक हँसी-मजाक नहीं करना चाहिए, क्योंकि उसी से जीविका चलानेवाले सेवक अधिक मुँहलगे हो जाने पर अपमान कर बैठते हैं। वे अपनी मर्यादा में स्थिर नहीं रहते और स्वामी की आज्ञा का उल्लंघन करने लगते हैं। वे जब किसी कार्य के लिए भेजे जाते हैं तो उसकी सिद्धि में संदेह उत्पन्न कर देते हैं। राजा की गोपनीय त्रुटियों को भी सबके सामने ला देते हैं। जो वस्तु नहीं माँगनी चाहिए, उसे भी माँग बैठते हैं तथा राजा के लिए रखे हुए भोज्य पदार्थों को स्वयं खा लेते हैं। घूस लेकर तथा धोखा देकर राजा के कार्यों में विघ्न डालते हैं। जाली आज्ञापत्र जारी करके राजा के राज्य को जर्जर कर देते हैं। राजा के पास ही मुँह खोलकर जम्हाई लेते हैं और थूकते हैं। राजा की अवहेलना करते हुए उसके घोड़े, हाथी अथवा रथ को अपनी सवारी के काम में लेते हैं। इतना ही नहीं, वे सेवक परस्पर स्वार्थ साधन के निमित्त राजसभा में ही राजा के साथ विवाद करने लगते हैं।

''हे युधिष्ठिर! राजा को सदा ही उद्योगशील होना चाहिए। तुम इस बात को अपने हृदय में धारण कर लो। जो संधि करने के योग्य हों, उनसे संधि करो और जो विरोध के पात्र हों, उनका डटकर विरोध करो। राज्य के सात अंग हैं—राजा, मंत्री, मित्र, खजाना, देश, दुर्ग और सेना। जो इन सात अंगों से युक्त राज्य के विपरीत आचरण करे, वह शत्रु हो या मित्र, मार डालने के ही योग्य है। इस लोक में प्रजा को प्रसन्न रखना ही राजाओं का सनातन धर्म है। सत्य की रक्षा और व्यवहार की सरलता ही राजोचित कर्तव्य है।

''जिसने अपने मन को वश में कर लिया है, क्रोध को जीत लिया है तथा

शास्त्रों के सिद्धांत का निश्चयात्मक ज्ञान प्राप्त कर लिया है, जो धर्म, अर्थ, मोक्ष के प्रयत्न में निरंतर लगा रहता है, जिसे तीनों वेदों का ज्ञान है तथा जो अपने गुप्त विचारों को दूसरे पर प्रकट नहीं होने देता है, वही राजा होने योग्य है। जिस राजा ने शत्रुओं की गुप्त ताल को जानने और उनके मंत्री आदि को फोड़ने के लिए गुप्तचर लगा रखे हैं, वह भी प्रशंसा के योग्य है। जिनके पास अपने भरण-पोषण का प्रबंध न हो, उनका पोषण करना राजा का कर्तव्य है। जैसे पुत्र अपने पिता के घर में निर्भीक होकर रहते हैं, उसी प्रकार जिस राजा के राज्य में मनुष्य निर्भय होकर विचरते हैं, वह सब राजाओं में श्रेष्ठ है। जैसे समुद्र की यात्रा में टूटी हुई नौका का त्याग कर दिया जाता है, उसी प्रकार प्रत्येक मनुष्य को चाहिए कि वह उपदेश न देनेवाले आचार्य, कटु वचन बोलनेवाली स्त्री तथा रक्षा न कर सकनेवाले राजा का त्याग कर दे।''

राज्य-रक्षा के साधनों का वर्णन करते हुए भीष्म ने युधिष्ठिर से कहा, ''उद्योग ही राजधर्म का मूल है। देवराज इंद्र ने उद्योग से ही अमृत प्राप्त किया, उद्योग से ही असुरों का संहार किया तथा उद्योग से ही देवलोक और इहलोक में श्रेष्ठता प्राप्त की। जो राजा उद्योगहीन होता है, वह बुद्धिमान होने पर भी विषहीन सर्प के समान सदैव शत्रुओं के द्वारा परास्त होता रहता है। बलवान पुरुष कभी दुर्बल शत्रु की भी अवहेलना न करे, क्योंकि आग थोड़ी सी हो तो भी जला डालती है और विष कम मात्रा में हो तो भी मार डालता है।''

उपरोक्त राजधर्म एवं राजनीति का विश्लेषण कितना सटीक एवं विशद है। आज के राजा या लोकतंत्र में राष्ट्रपति या प्रधानमंत्री भी इस धर्म एवं नीति का अनुसरण करें तो जनता की खुशहाली बढ़ेगी। जनता अपने को सुरक्षित महसूस करेगी। देश में संपन्नता बढ़ेगी और सारे देशवासियों के चेहरों से प्रसन्नता प्रकट होगी। पितामह भीष्म ने जिस भाँति राजधर्म का उपदेश दिया, उसी भाँति आचार-धर्म, नीति एवं परमार्थ नीति का भी सम्यक् निरूपण किया।

युधिष्ठिर के ब्रह्मचर्य, धर्म और पवित्रता विषयक प्रश्न का उत्तर देते

हुए भीष्म ने कहा, "मांस और मदिरा का त्याग ब्रह्मचर्य से भी श्रेष्ठ है, वेदोक्त मर्यादा में स्थिर रहना ही परम धर्म है, मन और इंद्रियों का संयम ही परम पवित्रता है।" इसी भाँति अन्य प्रश्नों के उत्तर में उन्होंने कहा, "प्राणदान से बढ़कर कोई दान नहीं, सबको अभय देनेवाला सब ओर से अभय पाता है, जो दूसरों को भय से छुड़ाता है, उसे न हिंसक पशु मारते हैं, न पिशाच और न राक्षस ही कष्ट देते हैं। सब प्रकार से अहिंसा ही धर्म है। तर्क का सहारा लेकर धर्म की जिज्ञासा करना कदापि उचित नहीं। अहिंसा, सत्य, अक्रोध और दान ये सनातन धर्म हैं।"

परमार्थ नीति के बारे में कहा, "धर्मयुक्त कार्य करने से श्रेय की वृद्धि होती है, विषयासक्त पुरुष प्रकृति को प्राप्त होता है और विरक्त आत्मज्ञान प्राप्त करके मुक्त हो जाता है। ध्यान द्वारा शुद्ध और सूक्ष्म हुए मन से परमात्मा के स्वरूप का अनुभव हो सकता है, परंतु सम्यक् ज्ञान के द्वारा ही ज्ञेय को जाना जा सकता है और उस परमात्मा का ज्ञान प्राप्त करके मनुष्य परम मोक्ष को प्राप्त कर लेता है।"

लोक–परलोक दोनों के कल्याण हेतु विष्णु सहस्रनाम कथन के अंत में उन्होंने कहा है कि कमल नयन भगवान् को, जो भजता है, उसका पराभव न होकर सदा कल्याण होता है।

□

चाणक्य : जीवन एवं नीति

हम आज भी किसी विद्वान् एवं चतुर व्यक्ति को चाणक्य बता देते हैं। चाणक्य को हुए लगभग 2400 वर्ष हो गए, लेकिन चाणक्य आज भी उपयोगी हैं। चाणक्य ने अनेक पुस्तक लिखीं, जिनमें 'चाणक्य नीति', 'चाणक्य सूत्र' एवं 'कौटिल्य अर्थशास्त्र' प्रमुख हैं। इतिहासकार बताते हैं कि जब यूनान के राजा सिकंदर और उसके बाद सेल्युकस ने भारत पर आक्रमण किया, उस समय आचार्य चाणक्य की राजनैतिक विद्वत्ता ने ही देश की रक्षा की। मौर्य साम्राज्य के निर्माता आचार्य चाणक्य सम्राट् चंद्रगुप्त मौर्य के गुरु भी थे और प्रधानमंत्री भी। गुप्त साम्राज्य को भारतवर्ष का स्वर्णिम काल कहा जाता है। यह सब चाणक्य की सूझबूझ का ही नतीजा था।

मगध नरेश महानंद का सेनापति 'शकटार' ब्राह्मण भोज हेतु ब्राह्मणों की खोज में निकला हुआ था। उन्होंने देखा कि एक कुरूप, लेकिन तेजयुक्त ब्राह्मण कुशाओं की जड़ों में मट्ठा भर रहा है। परिचय के उपरांत चाणक्य ने कहा कि कुशा ने उसके पैर में गड़कर पीड़ा पहुँचाई है, अतः वह उसका समूल नाश कर देगा। शकटार ने यह देखा तो उसे चाणक्य के संकल्प पर आश्चर्य हुआ।

संयोग से वन में उसे 'मूरा' और उसका युवा पुत्र चंद्रगुप्त मिला। मूरा ने चाणक्य को आपबीती सुनाई। चंद्रगुप्त भी अपनी माँ के अपमान का बदला लेने के लिए अंदर-ही-अंदर सुलग रहा था। यहाँ चाणक्य ने चंद्रगुप्त को मगध नरेश

बनवाने एवं उसके हाथों नंदवंश का नाश करने का संकल्प कर लिया।

बाद में महानंद को भी बंदी बना लिया गया। जंजीरों से जकड़े महानंद को उसी कुरूप ब्राह्मण चाणक्य के सामने खड़ा कर दिया गया, जिसका उसने अपमान किया था। महानंद कुछ समझ पाता इसके पूर्व ही चाणक्य ने उसका सिर धड़ से उड़ा दिया और अपनी शिखा बाँध ली।

आचार्य चाणक्य के निर्देशन में संचालित सम्राट् चंद्रगुप्त मौर्य का शासनकाल, 324 ईसा पूर्व, उस काल का 'स्वर्ण युग' कहलाता है। विशाल साम्राज्य की व्यवस्था करते हुए चाणक्य ने 'कौटिल्य अर्थशास्त्र' की रचना कर बताया कि राज्य का संचालन राजा को किस तरह करना चाहिए। हजारों वर्ष पहले के इस ग्रंथ की उपयोगिता आज भी जस-की-तस है। जब तक मनुष्य रहेंगे, चाणक्य नीति की उपयोगिता बनी रहेगी।

आचार्य चाणक्य के लिए कहे गए चीनी विद्वान् फाहियान के शब्द उनके समग्र व्यक्तित्व की झाँकी प्रस्तुत करने के लिए पर्याप्त हैं, "जिस देश का प्रधानमंत्री साधारण कुटिया में रहता है, वहाँ के निवासी भव्य भवनों में निवास करते हैं। जिस देश का प्रधानमंत्री भव्य भवनों में रहेगा, निश्चित ही वहाँ का सामान्यजन झोंपड़ियों में वास करने को बाध्य होगा।" चाणक्य के लिए कही गई यह उक्ति आज भी हमारे देश के शासकों पर सटीक बैठती है।

चाणक्य को आज भी विश्व का सर्वश्रेष्ठ राजनीतिज्ञ एवं कूटनीतिज्ञ माना जाता है। उसने ही चंद्रगुप्त मौर्य को भारतवर्ष का सम्राट् बनाकर अखंड भारत की नींव रखी। चाणक्य नीति आज भी सामयिक है। चाणक्य नीति की प्रमुख बातें निम्नलिखित हैं—

- शांति जैसा तप नहीं है, संतोष से बढ़कर सुख नहीं है, तृष्णा से बढ़कर रोग नहीं है और दया से बढ़कर धर्म नहीं है।
- धन से धर्म की रक्षा की जाती है। विद्या को योग द्वारा बचाया जा सकता है। मधुरता के कारण राजा को बचाया जा सकता है और स्त्रियाँ घर की रक्षक होती हैं।

- अर्जित अथवा कमाए हुए धन का त्याग करना, उसको ठीक ढंग से व्यय करना, उससे लाभ उठाना ही उसकी रक्षा करना है। तालाब में भरे हुए जल को निकालते रहने से ही उस तालाब का पानी शुद्ध एवं पवित्र रहता है।
- भाग्य पुरुषार्थ के पीछे चलता है अर्थात् पुरुषार्थ के द्वारा भाग्य अनुकूल हो जाता है।
- भोजन केवल स्वास्थ्य की दृष्टि से करना चाहिए, स्वाद की दृष्टि से नहीं।
- छोटा सा व्यसन मनुष्य के सर्वनाश का कारण बन जाता है।
- मनुष्य अकेला जन्म लेता है, अकेला दुःख भोगता है, अकेला ही मोक्ष का अधिकारी होता है और अकेला ही नरक में जाता है। अतः रिश्ते–नाते तो क्षणभंगुर हैं, हमें अकेले ही दुनिया के मंच पर अभिनय करना पड़ता है।
- पराई स्त्री के साथ व्यभिचार करनेवाला, गुरु और देवता का धन हरण करनेवाला और हर तरह के प्राणियों के बीच रहनेवाला यदि ब्राह्मण भी है तो वह चांडाल है।
- बिना सत्य के सारा संसार व्यर्थ है। संसार में सबकुछ सत्य पर निर्भर है। सत्य के तेज से सूर्य तपता है, सत्य से पृथ्वी टिकी है, सत्य के प्रभाव से ही वायु बहती है। सत्य ही जीवन की कसौटी है।
- शास्त्रों में पाँच पिता बताए गए हैं—जन्मदाता, विद्या देनेवाला गुरु, भय से बचानेवाला, यज्ञोपवीत करानेवाला तथा अन्न देनेवाला। इन सभी को पिता–तुल्य समझकर एक समान आदर व सम्मान करना चाहिए।
- शरीर की सुंदरता के मोह में पड़कर व्यक्ति पथभ्रष्ट हो जाता है। शरीर और चेहरे की सुंदरता का आकर्षण व्यर्थ है। हर स्त्री का सुख एक समान है, अतः मृग मरीचिका में पड़ना अनुचित है।

- जो मनुष्य न तो विद्वान् है, न दानी, न साधक, जिसमें शील का सर्वथा लोप है, गुणहीन है, अधर्मी है, ऐसा मनुष्य पशु-तुल्य है। ऐसे मनुष्यों को पृथ्वी पर भार ही समझना चाहिए।
- संतोषी राजा, असंतोषी ब्राह्मण, लज्जावंती वेश्या और लज्जाहीन पत्नी—ये जीवन में कभी सुख-शांति और संपन्नता नहीं पा सकते। संतोषी राजा संतुष्टि के कारण राज्य का विकास नहीं कर पाता है। असंतोषी ब्राह्मण और अधिक की चाह में लालची हो अनाचार पर उतर आता है। वेश्या अगर लज्जाशील हो तो उसका कामकाज बाधित होगा और लज्जाहीन पत्नी जगहँसाई का कारण बनती है।
- एक गुण सैकड़ों अवगुणों को छिपा लेता है। जिस प्रकार केतकी (केवड़ा) में काँटे होते हैं, कीचड़ में उत्पन्न होती है, फिर भी अपनी सुगंध से सबको अपनी ओर आकर्षित करती है। गुलाब में भी काँटे होते हैं, लेकिन उसकी मधुर सुगंध उसके इस दोष को ढक लेती है।
- अपने रहस्य हर किसी पर उजागर नहीं करने चाहिए, कुछ रहस्य तो ऐसे कहे गए हैं, जिन्हें अपनी पत्नी से भी छिपाना आवश्यक है।
- अपमान, कर्ज का बोझ, दुष्टों की सेवा, दरिद्रता और पत्नी की मृत्यु बिना ताप के ही शरीर को जलाए जाते हैं।
- सीधेपन का लोग लाभ उठाते हैं। मनुष्य को इतना ज्यादा सरल नहीं होना चाहिए कि हर कोई उसे ठग ले। जंगल में सीधे खड़े वृक्षों को ही काटा जाता है। टेढ़े-मेढ़े वृक्ष मजे से सीना ताने खड़े रहते हैं।
- ब्राह्मण, राजा और संन्यासी सदैव भ्रमणशील होने चाहिए, इससे मान और गौरव बढ़ता है, लेकिन स्त्री भ्रमणशील होने पर पतित हो जाती है।
- बुरे मित्र का न होना ही अच्छा, बुरे राजा से बिना राजा के होना अच्छा, सदाचरण से रहित शिष्य से शिष्य का न होना अच्छा और

आचरणहीन स्त्री से बिना स्त्री के रहना ही उचित कहा गया है।

- प्रजा के पाप का फल राजा, राजा के पाप का फल राजपुरोहित, शिष्य के पाप का फल गुरु और स्त्री के पाप का फल पति को भी भोगना पड़ता है।
- हाथी को अंकुश से, सींगवाले प्राणियों को लाठी से, घोड़े को चाबुक से और दुर्जन को तलवार से वश में करना चाहिए।
- दिन में दीपक जलाना, समुद्र में वर्षा, भरे पेट के लिए भोजन और धनवान को दान देना व्यर्थ है।
- शास्त्रों में पाँच माताओं का वर्णन है—राजा की माता, गुरुमाता, मित्र की पत्नी, पत्नी की माता तथा स्वयं की माता। इन सभी का समान रूप से आदर अपरिहार्य है। इन पर कुदृष्टि रखनेवाला महाचांडाल होता है।
- मूर्ख को उपदेश, लोभियों अथवा कंजूसों को याचक, व्यभिचारिणी स्त्री को उसका पति और चोरों को चंद्रमा शत्रु लगता है।
- ब्राह्मण, गुरु, अग्नि, कुँवारी कन्या, बालक और वृद्धों को पैरों से नहीं छूना चाहिए। ये सभी आदरणीय संबंध हैं। हमें इन्हें आदर-सम्मान देना चाहिए।

चाणक्य की नीतियाँ विशद हैं। चाणक्य की तरह लक्ष्य में स्थिरता और संकल्प के प्रति दृढता हो तो दुनिया में कोई भी काम असंभव नहीं। हमारे लिए चाणक्य की यही सबसे बड़ी देन है।

□

महावाक्य : जिन्होंने देशवासियों में जान फूँक दी

देशवासियो को अहिंसा के पुजारी महात्मा गांधी ने सन् 1942 में संदेश दिया—'करो या मरो'। इस आह्वान से सारे देश में गुलामी सें मुक्त होने की छटपटाहट पैदा हो गई और देशवासी आजाद होने के लिए मर मिटने को तैयार हो गए। इस संदेश के कारण देशवासियों में चेतना आई और अंग्रेज इस देश को अधिक दिनों तक गुलाम नहीं रख सके। 1947 में उन्हें देश छोड़कर जाना पड़ा।

- 1965 में हिंदुस्तान-पाकिस्तान युद्ध में भारत के प्रधानमंत्री स्व. लालबहादुर शास्त्री ने घोष दिया—'जय जवान, जय किसान'! इस संदेश में जवानों की एवं किसानों की जय-जयकार की गई। स्व. शास्त्रीजी का उद्घोष इतना प्रभावोत्पादक साबित हुआ कि युद्ध में हमारे जवानों ने पाकिस्तान की सेना को धूल चटा दी तथा किसानों ने जी तोड़ मेहनत करके देश में अनाज का उत्पादन बढ़ा दिया। ऐसा उस समय हुआ, जब देश में अनाज का आयात होता था। स्व. शास्त्रीजी के आह्वान से किसानों में उपजे आत्मविश्वास के कारण अनाज का उत्पादन बढ़ गया और भारत अनाज का आयात करने के स्थान पर निर्यात करने लगा।
- स्वतंत्रता संग्राम सेनानी एवं आजादी के दीवाने नेताजी सुभाषचंद्र

बोस ने अपनी 'आजाद हिंद फौज' से जब यह कहा कि "तुम मुझे खून दो, मैं तुम्हें आजादी दूँगा" तो लगा कि आजाद हिंद फौज के प्रत्येक जवान में एक नई जान आ गई। हर जवान देश पर मिटने को तैयार हो गया। एक महावाक्य ने पूरी फौज में एक नई चेतना फूँक दी।

- बाल गंगाधर तिलक के एक वाक्य ने देशवासियों में नए प्राण फूँक दिए, जब उन्होंने कहा, "स्वतंत्रता हमारा जन्मसिद्ध अधिकार है, जिसे हम लेकर रहेंगे।" हम गुलाम जरूर पैदा हुए, लेकिन हम अपने को स्वतंत्र करके रहेंगे। उनका वाक्य महावाक्य हो गया।
- जांबवान समुद्र के किनारे बंदरों की फौज के साथ बैठे थे। समस्या थी समुद्र लाँघकर लंका में प्रवेश करने की। किसी में यह कठिन कार्य करने की शक्ति नहीं थी। जांबवान ने हनुमानजी की तरफ इशारा करके कहा कि "का चुप साध रहेउ बलवाना", यानी हे बलवान, क्यों चुप बैठे हो? इतना कहते ही हनुमानजी के अंदर बैठा महापुरुष जाग्रत् हो गया और हनुमानजी "भयउ भूधराकार शरीरा", यानी पर्वत की तरह विशाल हो गए और समुद्र लाँघने को तैयार हो गए। आज भी हम अपने साथ के पुरुषों में छिपे महापुरुष को जाग्रत् कर दें तो कोई काम असंभव नहीं रहता। आवश्यकता है केवल अंदर छिपे महापुरुष को जाग्रत् करने की।
- भगवान् बुद्ध ने अपने शिष्यों से कहा, "तुम्हें, जो कुछ भी प्राप्त होगा अपने प्रयत्नों से होगा।" भगवान् बुद्ध ने इस संदेश के माध्यम से यह बताया कि कृपा या आशीर्वाद से कुछ मिलनेवाला नहीं। जो बनना चाहते हो या पाना चाहते हो, उसी प्रकार का प्रयत्न करो। सिद्धार्थ भी अगर भगवान् बुद्ध बने तो अपने प्रयत्नों से, न कि किसी की कृपा या आशीर्वाद से।
- भगवान् महावीर का अमर संदेश—'अहिंसा परमो धर्मः', केवल

संदेश ही नहीं था। उन्होंने अहिंसा को अपने आचरण में उतारकर दिखाया। उन्होंने बताया कि अहिंसा कमजोर व्यक्तियों के लिए नहीं, यह मजबूत इरादेवालों का मंत्र है। अहिंसा को डरपोक नहीं अपना सकता। इसे अपनाने के लिए साहस, संयम एवं धैर्य की आवश्यकता है।

- भगवान् कृष्ण की उक्ति—"काम करो, फल की आशा मत करो", किसी अन्य धर्मशास्त्र में नहीं मिलती। इस कर्म सिद्धांत ने पूर्व की दी हुई व्याख्या ही बदल दी, यानी केवल कर्म करो। फल की आशा में, जब भी कर्म होगा तो कर्म की मात्रा सीमित होगी। बिना फल की आशा के जब भी कर्म होगा पूरी निष्ठा से होगा।
- नेपोलियन ने जब कहा कि "असंभव शब्द केवल शब्दकोश में मिलेगा," यानी असंभव कुछ होता नहीं। आदमी संकल्पित हो जाए तो जो पाना चाहता है, उसे प्राप्त कर लेगा।
- ईसा ने कहा है, "दूसरे के पाप पर ढेला मारने का अधिकार उसे ही है, जो स्वयं निष्पाप हो।" कितनी व्यावहारिक बात है। मनुष्य केवल उसे अपने जीवन में अपना ले तो दूसरे का दोष-दर्शन ही बंद हो जाए। प्रायः मनुष्य दूसरों को तो दोषी बताता है, उसे अपना दोष नहीं दिखाई देता।
- विवेकानंद ने कहा है, "व्यक्ति जब तक स्वयं नहीं सुधरेगा तब तक समाज या देश का सुधरना संभव नहीं।" हम समाज या देश को सुधारना चाहते हैं, लेकिन खुद को नहीं सुधरना चाहते। क्या यह संभव है कि बिना खुद को सुधारे समाज या देश सुधर जाए?
- जवाहरलाल नेहरू ने हमें महत्त्वपूर्ण संदेश दिए। एक, "आराम हराम है", दूसरा, "कर्म ही पूजा है।" इन संदेशों को अपनाने के कारण किसी भी देश की जीवनशैली बदल सकती है। हमने पूजा का आडंबर फैला लिया, कर्म को गौण कर दिया। हमने गाय की

पूजा तो की, लेकिन सेवा नहीं की। जिस दिन हम कर्म को पूजा मानकर जीवन में उतार लेंगे, हम न अभावग्रस्त रहेंगे और न बेरोजगार।

- अमरीका में कैनेडी जब राष्ट्रपति बने तो उन्होंने अपने राष्ट्र के नाम पहले संदेश में कहा, "देश तुम्हारे लिए क्या कर सकता है यह न पूछो, तुम देश के लिए क्या कर सकते हो यह बताओ?" राष्ट्रपति कैनेडी के इस एक संदेश ने देशवासियों में राष्ट्र के प्रति अपना कर्तव्य करने की एक नई चेतना भर दी।
- आदि शंकराचार्य ने जब कहा, "ब्रह्म सत्यं जगत् मिथ्या" तो बहुत विवाद हुआ। अपने इस सूत्र को प्रतिपादित करने के लिए उन्होंने उदाहरण दिया कि स्वप्न जब तक देखते हैं, तब तक ही सही लगता है; लेकिन जब जाग जाएँगे तो स्वप्न मिथ्या लगने लगेगा। प्रश्न केवल जागने का है। अगर हम जगत् में अपनी पूरी चेतना के साथ जाग्रत् अवस्था में रहें तो जगत् के दोष; जैसे- काम, क्रोध, लोभ से हम परेशान न होकर, उन्हें मिथ्या मानते हुए ब्रह्म सत्य को स्वीकार कर लेंगे।

महापुरुषों के ऐसे उद्‌बोधन व्यक्ति, बिजनेसमैन तथा देश में नई चेतना जाग्रत् करते हैं। जरूरत है उन्हें अपनाने एवं जीवन में उतारने की। लक्ष्य-प्राप्ति में अपने कर्तव्यों का बोध, कर्म की महानता, सहकर्मियों को उत्प्रेरित करने की क्षमता तथा दूसरों के दोषों से सीख लेने की इच्छा, ऐसे मंत्र हैं, जो एक बिजनेसमैन की सफलता के मार्ग को प्रशस्त करते हैं।

□

चिंता और चिंतन

अगर शब्द गठन की दृष्टि से देखें तो चिता एवं चिंता में ज्यादा अंतर नहीं है, लेकिन अर्थ में गहरा अंतर है। चिता हमारे मृत शरीर को जलाकर हमारा अस्तित्व हमेशा के लिए समाप्त कर देती है, किंतु चिंता न तो हमारा अस्तित्व समाप्त करती है और न हमारा पिंड छोड़ती है। जब तक हम चिंतित रहेंगे, चिंता हमें जलाती रहेगी। चिता मुर्दों को जलाती है, चिंता जिंदों को। चिता हमारा अस्तित्व समाप्त करती है, जबकि चिंता हमारा अस्तित्व बरकरार रखते हुए हमारे तन-मन को विचलित करती रहती है। हमें चिता पर दूसरे लोग ले जाते हैं, किंतु चिंतित होने के कारण हम स्वयं हैं।

हम चिता से पिंड नहीं छुड़ा सकते, एक न एक दिन हमें चिता पर जाना ही पड़ेगा। हम चाहें तो चिंता से पिंड छुड़ा सकते हैं। बहुत कम लोग मिलेंगे, जो चिंतामुक्त हों। हमें चिंता का कारण और उसे दूर करने के उपाय जानने की आवश्यकता है।

भूत और भविष्य काल में जीनेवाला व्यक्ति चिंतित रहता है, जबकि वर्तमान में जीनेवाले को चिंता नहीं सताती। बच्चे वर्तमान में जीते हैं, अत: चिंतामुक्त होते हैं। जवान भविष्य काल में जीते हैं, उनके सपने और अरमान उन्हें परेशान रखते हैं। जब हम किसी चीज या उद्देश्य को प्राप्त करने की कामना करते हैं तो हमें चिंता सताने लगती है। चिंता का कारण

हमारी अतिरिक्त इच्छाएँ हैं। इच्छाओं और आवश्यकताओं में मौलिक अंतर है। हमारी इच्छाएँ कभी समाप्त नहीं होतीं। एक पूरी होती है तो दूसरी चालू हो जाती है, लेकिन हमारी आवश्यकताओं की पूर्ति में ज्यादा परेशानी नहीं होती। हमें पहनने को वस्त्र मिल जाएँ, रहने को मकान मिल जाए, जीने के लिए भोजन मिल जाए तो हमारी आवश्यकताएँ पूरी हो जाती हैं। अगर मनुष्य की अनावश्यक इच्छाएँ समाप्त हो जाएँ तो चिंता भी समाप्त हो जाएगी।

बूढ़ा व्यक्ति प्राय: भूतकाल में जीता है। भूतकाल का स्मरण होते ही, जब वह देखता है कि मैंने जैसा किया, वैसा अब नहीं हो रहा है तो उसकी समस्या प्रारंभ हो जाती है। बूढ़ा व्यक्ति कार्य करने में स्वयं को अक्षम पाता है, लेकिन वह यह सोचता है कि कम-से-कम जिन उपलब्धियों को मैंने प्राप्त किया उन्हें मेरे परिवारवाले भी बरकरार रखें। ऐसा न होने की स्थिति में वह चिंताग्रस्त बना रहता है। चिंताग्रस्त आदमी को बहुत सी बीमारियाँ हो जाती हैं और उसके स्वभाव में गुणात्मक परिवर्तन आ जाता है। जवान की इच्छाएँ तथा बूढ़े व्यक्ति का असंतोष उसकी चिंता का कारण बनते हैं।

क्या चिंता हमारी उन्नति में सहायक होती है? विश्वास रखें, उन्नति पुरुषार्थ और शुभ संकल्प के कारण होती हैं, न कि चिंता के कारण। चिंता हमेशा प्रगति में बाधा उत्पन्न करती है। कारण, चिंता कभी यथार्थ नहीं होती, ये हमेशा ही काल्पनिक एवं सत्य से परे हुआ करती हैं। अत: चिंता हमेशा त्याज्य है। मनुष्य जितना ही चिंतामुक्त होता जाएगा, उसका विश्वास एवं संकल्प उतना ही बढ़ता जाएगा। अगर आज का काम आज ही पूरा करना है तो चिंतामुक्त एवं संकल्पयुक्त होकर प्रयास करना चाहिए।

अब प्रश्न यह उठता है कि हम चिंतामुक्त हों कैसे? मुझे एक प्रकरण याद आता है। एक व्यक्ति था, जो अत्यधिक चिंतित था और यह मानता था कि मुझसे अधिक चिंतित व्यक्ति कोई नहीं है। वह व्यक्ति एक महात्मा

के पास गया और महात्माजी से अपनी चिंता मिटाने का उपाय पूछने लगा। महात्माजी ने उससे पूछा कि तुम्हारी चिंता क्या है? तो उसने पारिवारिक, व्यापारिक तथा व्यावहारिक चिंताएँ बतानी प्रारंभ कर दीं। आधे घंटे तक उसने अपनी चिंताएँ बताईं और महात्माजी ने बड़े ध्यान से सुनीं। जब उसने बताना बंद कर दिया, तब महात्माजी ने उससे पूछा कि बता दुनिया में सबसे सुंदर फूल कौन सा है? तो उसने बताया गुलाब। महात्माजी ने कहा, तुमने बिना काँटों के पेड़ में गुलाब देखा है? गुलाब के पेड़ में काँटे पहले आते हैं और गुलाब बाद में। कितने अधिक काँटों के बीच थोड़े से गुलाब खिलते हैं। इतने काँटों के बीच भी गुलाब अपनी सुगंध और सुंदरता बनाए रखता है। महात्माजी ने फिर उससे पूछा, दुनिया का सबसे पवित्र फूल कौन सा है? तो उसने कहा—'कमल'। महात्माजी ने फिर कहा कि बिना कीचड़ के कमल देखा है? सबसे गंदा कीचड़ और उससे निकला फूल सबसे पवित्र। तुमने दीपक देखा है? जो स्वयं नहीं जला, वह दुनिया को क्या देगा? पत्थर में भगवान् की मूर्ति को जब तराशा जाता है तो कितनी चोटों के बाद मृर्ति उभरकर सामने आती है? तुम परेशानियों के कारण अपने को परेशान न समझो, उन्हें अपनी तरक्की और प्रगति का कारण समझो। अगर पहले काँटे न आते तो गुलाब खिलने की संभावना शून्य थी। इसी प्रकार, अगर पहले कीचड़ न होता तो कमल उगने का प्रश्न ही नहीं था। दीपक जलने पर ही प्रकाश दे पाया और पत्थर चोट खाने पर ही मूर्ति बना। गांधी, गांधी न होते अगर उन्होंने अन्याय के प्रतिकार हेतु संघर्ष न किया होता। सिद्धार्थ भी भगवान् बुद्ध न होते, अगर उन्होंने राज–सुख, पत्नी–सुख, पुत्र–सुख न छोड़ा होता तथा कठिन तपस्या एवं साधना/न की होती। गांधी या बुद्ध कभी चिंता नहीं करते थे। समस्याओं के निराकरण हेतु आप संकल्पबद्ध हो जाएँ, चिंता रूपी कोहरा छँट जाएगा।

समस्याओं का निराकरण तो है, चिंताओं का निराकरण कभी नहीं होता। चिंताएँ हमेशा काल्पनिक होती हैं और समस्याएँ वास्तविक। चिंताएँ

हमेशा अकारण होती हैं, समस्याओं का कोई-न-कोई कारण होता है। कारण का तो निवारण हो जाएगा, परंतु अकारण पैदा होनेवाली चिंताओं का नहीं। चिंता के कारण मन-बुद्धि का संतुलन हमेशा बिगड़ा रहेगा। काम सदा मन-बुद्धि के संतुलन के कारण पूरा होता है। अगर जीवन सफल बनाना है तो चिंता कभी न करें। जो भी समस्या आए उसे दूर करने के लिए संकल्पबद्ध हो जाएँ। समस्या के समाधान का रास्ता न दिखाई पड़ने पर प्रबुद्ध एवं अनुभवी लोगों के पास जाएँ, वे आपकी हर समस्या को दूध एवं पानी की तरह अलग-अलग कर देंगे।

अनुभवी लोग किस तरह से समस्याओं का समाधान करते हैं, उसका एक उदाहरण है। एक व्यक्ति ने कुआँ बेचा। लेकिन उसने बताया कि हमने कुआँ बेचा है, पानी नहीं बेचा है और कुआँ खरीदनेवाले को कुएँ का पानी उपयोग करने से मना कर दिया। कुआँ बेचनेवाले और खरीदनेवाले में इसी को लेकर हमेशा द्वंद्व रहता। दोनों ही एक अनुभवी व्यक्ति के पास गए और अपना पक्ष रखा। प्रबुद्ध व्यक्ति ने जो फैसला सुनाया उससे दोनों पक्ष संतुष्ट हो गए और दोनों को अपनी गलतियों का अहसास हो गया। प्रबुद्ध व्यक्ति ने कहा कि तुमने कुआँ बेचा है, पानी नहीं बेचा। लेकिन तुमने उसके कुएँ में इतने दिनों तक पानी रखा, उसको इसका किराया दो और आगे अपना पानी निकालकर इसे खाली कुआँ दे दो।

चिता एवं चिंता के बाद चिंतन शब्द की चर्चा जब होती है तब यह पता चलता है कि इस शब्द के कितने गहरे अर्थ हैं। चिंतन में मन का स्थिर होना आवश्यक है। ज्यों-ज्यों चिंतन बढ़ता जाएगा चिंता अपने आप समाप्त होती जाएगी। जैसे प्रकाश तथा अंधकार एक साथ नहीं रह सकते, उसी प्रकार चिंता एवं चिंतन भी एक साथ नहीं रह सकते। चिंता हमेशा परेशान करेगी, लेकिन चिंतन हमेशा प्रगति प्रदान करेगा। हमारी जीवनयात्रा का उद्देश्य चिंतित होना नहीं, चिंतनशील होना है। चिंता हमेशा दुखदाई होती है, लेकिन चिंतन हमेशा ही आनंददायक है। अगर चिंतामुक्त होना

है तो अपनी चिंता को चिंतन में बदल दें। चिंतन कभी काल्पनिक नहीं होता, हमेशा एक दिशा में होता है।

चिंता को चिंतन में बदलने के लिए अच्छे धार्मिक ग्रंथों का अध्ययन आवश्यक है, विशेष रूप से गीता का। संतों का समागम एवं सान्निध्य भी हमें चिंतामुक्त करता है।

□

सफल व्यक्ति बनने के लिए कुछ प्रभावी सूत्र

- जिंदगी फूलों की सेज नहीं, लड़ाई का मैदान है।
- जिस तरह एक जवान औरत एक बूढ़े का आलिंगन करना नहीं चाहती, उसी तरह लक्ष्मी भी आलसी, भाग्यवादी और साहसविहीन व्यक्ति को नहीं चाहती।
- व्यक्ति बिना प्रयास के गिरता है, लेकिन उठने के लिए प्रयास करना पड़ता है। अच्छा रहने के लिए भी बराबर प्रयास करते रहना पड़ेगा, नहीं तो अच्छा नहीं रहा जा सकता।
- जिस प्रकार खाने का आनंद भूखा ही ले सकता है, उसी प्रकार दौलत का आनंद भी वही ले सकता है, जिसने उसे मेहनत से कमाया है।
- जीने के लिए कड़ी मेहनत, उन्नति के लिए कड़ा संघर्ष, प्रतिष्ठित होने के लिए भीषण स्पर्धा, शिखर तक पहुँचने के लिए कुछ भी कर गुजरना आवश्यक है।
- सहजता, सरलता एवं सजगता सफलता के मूल मंत्र हैं।
- दिनचर्या ऐसी होनी चाहिए कि समय की बरबादी की गुंजाइश न हो।
- विश्राम किया जा सकता है, विराम नहीं।

- चरित्र मनुष्य की सबसे बड़ी शक्ति और संपदा है। अनंत संपदाओं का स्वामी होने पर भी व्यक्ति, अगर चरित्रहीन है तो विपन्न ही माना जाएगा।
- शास्त्रों के अनुसार शासन गरम का, व्यापार नरम का, बहू शर्म की और काँटा धर्म का होना चाहिए।
- शंका से शंका बढ़ती है, विश्वास से विश्वास।
- बुद्धि विश्लेषण करती है, विवेक निर्धारण करता है। मन मानता है तथा हृदय धारण करता है।
- हम क्या हैं और क्या होना चाहते हैं? जो होना चाहते हैं, उसके लिए हम क्या प्रयास कर रहे हैं? हम स्वार्थी होना चाहते हैं या समर्पित बिजनेसमैन? जो भी होना चाहते हैं, यह हमारे प्रयास और प्रयत्न पर निर्भर करता है।
- यह सृष्टि ईश्वर की पूर्ण कृति है। इसका सम्मान करना चाहिए।
- रोग बुरी चीज है। संक्रामक रोग और भी बुरा है, लेकिन मस्ती, प्रसन्नता और हँसी–खुशी संक्रामक हो जाएँ तो औरों को प्रसन्न करेंगी। प्रातः भ्रमण भी असाध्य रोग हो जाए, ताकि नियमित प्रातः भ्रमण होता रहे।
- घनीभूत वस्तु ही लाभदायक एवं असरदार होती है। छोटे झरने के बजाए जलप्रपात बिजली पैदा करता है। सूर्य किरण को लेंस से पास करने पर सूर्य किरण की गरमी बढ़ जाती है और वह कागज तक जला डालती है। श्रद्धा जब घनीभूत होती है तो विश्वास पैदा होता है।
- ज्ञान को कर्म का सहयोग न मिले तो वह कितना ही उपयोगी हो, निरर्थक है।
- किसी के सफल होने पर शुभकामनाएँ और असफल होने पर प्रोत्साहन अवश्य दें।
- दुनिया का सारा सौंदर्य स्वस्थ शरीर में है।

- बुद्धिमान मनुष्य अपनी हानि पर कभी नहीं रोते। वे प्रसन्नतापूर्वक क्षतिपूर्ति का उपाय करते हैं।
- मनुष्य कर्म करने में स्वतंत्र है, लेकिन फल पाने में परतंत्र है।
- कोई प्रशंसा करे और आप प्रसन्न हों तो आपके पुण्य का क्षय होगा। कोई आलोचना करे और आप क्रोध में आ जाएँ तो आपका पाप पुष्ट होगा।
- आप जैसा सोचते हैं, वैसा ही बनते हैं।
- अंधकार को कोसने की अपेक्षा मोमबत्ती जलाना अच्छा है।
- मुसकराकर जिनको गम का जहर पीना आ गया, यह हकीकत है कि जहाँ में उनको जीना आ गया।
- खुद को बदलो, बदला लेने का प्रयास मत करो।
- ईश्वर उसी की सहायता करता है, जो अपनी सहायता स्वयं करते हैं।
- त्रुटि करना मानव स्वभाव है।
- जीवन की ऊँचाई कमजोरियों को छिपाने में नहीं है, उन्हें दूर करने में है।
- सुधरने के लिए स्वयं ही प्रयास, प्रयत्न तथा संघर्ष करना पड़ेगा। किसी और के प्रयत्न से हम नहीं सुधर सकते, जब तक कि हम सुधरना नहीं चाहेंगे।
- शक्ति के साथ बुद्धि का संतुलन आवश्यक है।
- पूर्णतया निंदित या पूर्णतया प्रशंसित पुरुष न था, न है, न होगा।
- हमारे जीवन की गुणवत्ता हमारी बुद्धि की दशा से निर्धारित होती है।
- अगर आप युद्ध के विरुद्ध हैं तो आप शांति के लिए क्या प्रयास कर रहे हैं? अगर आप कोई प्रयास नहीं कर रहे हैं तो आपके युद्ध के विरुद्ध होने का कोई अर्थ नहीं।
- उस मनुष्य से अधिक गरीब कोई नहीं, जिसके पास केवल पैसा है।

- अभाव में दु:ख नहीं है। होता तो महात्मा, बैरागी, संन्यासी दु:खी होते। संतोष में सुख है, असंतोष में दु:ख है।
- अगर काँटे आए हैं तो गुलाब के आने की संभावना हो गई। अगर मुसीबत आ गई है तो प्रसन्नता आने की, रात आई तो दिन आने की, दु:ख आया तो सुख आने की संभावना हो गई है।
- संघर्षपूर्ण जीवन ही मानव का श्रृंगार है।
- बीज हमेशा जमीन के अंदर होता है। वह कभी दिखाई नहीं देता, लेकिन उसी के भीतर से एक विशाल वृक्ष का सृजन होता है।
- अपने लक्ष्य को परिश्रम, हिम्मत और इच्छाशक्ति से सींचो। सफलता निश्चित है।
- यदि मनुष्य के जीवन में कोई कष्ट या विपत्ति नहीं है तो वह यह समझे कि उसने कुछ भी करने का प्रयास नहीं किया। वह गिरेगा तभी, जब ऊँचा चढ़ने का प्रयास करेगा।
- प्रयास करके हार जाना प्रयास न करने से कहीं अधिक श्रेष्ठ है।
- भाग्य एक अवसर है। उसका लाभ उठाओ।
- कष्टों के आभूषण से साहस का श्रृंगार करो।
- उस ज्ञान से क्या लाभ, जो कर्म को प्रभावित नहीं करता।
- धीरज रखो, तुम्हारा हर दु:ख अंतत: सुख में बदल जाएगा।
- हाथी अंकुश से, घोड़ा चाबुक से, बैल डंडे से और मनुष्य विवेक से अपने को संयमित करे।
- ज्ञान केवल बुद्धि में रहा तो बोझ बनता है, लेकिन आचरण में आ गया तो जीवन का आधार बन जाता है।
- दरिद्रता कोई दैवी प्रकोप नहीं है। उसे आलस्य, प्रमाद, अपव्यय एवं दुर्गुणों के एकत्रीकरण का प्रतिफल ही कहना चाहिए।
- यदि मनुष्य सीखना चाहे तो प्रत्येक भूल उसे कुछ-न-कुछ शिक्षा दे सकती है।

- दूसरों के दोष देखने में मनुष्य जितना समय लगाता है, उतना अपने दोष सुधारने में लगाए। अपना चरित्र सुधारे व अपना आचरण पवित्र बनाए तो संसार अपने-आप ही सुधर जाएगा।
- अभिरुचि ही महानता को परिलक्षित करती है।
- बेईमान व्यक्ति भी ईमानदार साथी चाहता है।
- गिरते हुए जल को ऊपर उठाने के लिए गिरना रोकना होगा तथा पंप से ऊपर उठाना पड़ेगा। उसी प्रकार गिरते मन को संयम से रोकना एवं साधना से ऊपर उठाना पड़ेगा।
- पृथ्वी पर ये तीनों व्यर्थ हैं—बेवकूफ की विद्या, कायर का बल तथा कंजूस का धन।
- हर पेशे का अपना अनुशासन है। हर क्रिया की अपनी दिशा है तथा हर विचार का अपना लक्ष्य है।
- जीवन का मुख्य उद्देश्य है सही ढंग से जीना, सही ढंग से सोचना एवं सही कार्य करना।
- योगी बनने के लिए उपयोगी बनो। जो अपनी उपयोगिता खो देता है, उसे फेंक दिया जाता है, वह चाहे व्यक्ति हो या वस्तु। अतः प्रेम के द्वारा प्रभु के लिए, त्याग के द्वारा अपने लिए और सेवा के द्वारा सबके लिए उपयोगी बनो।
- कंगाल किसी को धन एवं अज्ञानी किसी को ज्ञान नहीं दे सकता।
- शक्ति का स्रोत संकल्प है।
- मुरझाए चेहरे किसी को प्रसन्नता नहीं देते। मुरझाए फूल फेंक दिए जाते हैं।
- माँगनेवालों को ही सलाह देनी चाहिए।
- चाहे कितनी ही बड़ी हो, चाहे कितनी ही कठिन हो, हर नदी की राह से चट्टान को हटना पड़ता है।
- वृद्धावस्था विचार करती है, यौवन साहस करता है।

- किसी की अधिक प्रशंसा करना उसे धोखा देना है।
- महान् कार्य करने के लिए शत्रुओं से भी संधि कर लेनी चाहिए।
- किसी से मत कहो कि तुम बुरे हो, बल्कि उससे यह कहो कि तुम अच्छे हो तथा और अच्छे बन सकते हो।
- मन का संकल्प एवं शरीर का पराक्रम किसी काम में लगा दिया जाए तो सफलता मिलनी निश्चित है।
- आलस्य, अनियमितता और आरामतलबी सफलता के दुश्मन हैं।
- लक्ष्मी किसी की स्थिर नहीं, राजा किसी का मित्र नहीं, शरीर किसी का स्थायी नहीं, वेश्या किसी की आज्ञाकारिणी नहीं।
- हजार अच्छी बातों से बेहतर है, एक अच्छा काम कर दिखाना।
- विचार एवं व्यवहार में सामंजस्य न होना ही धूर्तता है।
- गलत समझा गया ज्ञान, अज्ञान से ज्यादा खतरनाक है।
- आज का पुरुषार्थ ही कल का भाग्य है।
- हम अच्छा दिखने का प्रयत्न करते हैं, अच्छा बनने का नहीं। जिस दिन से अच्छा बनने का प्रयास करेंगे, उसी दिन से अच्छे हो जाएँगे।
- महान् होना अच्छा है, लेकिन अच्छा होना अधिक महान् है।
- उत्कृष्ट कार्य यदि निकृष्ट उद्‌देश्य से किया जाए तो उसका परिणाम उत्कृष्ट नहीं हो सकता।
- विचार कार्य का बीज है।
- शंका के मूल में श्रद्धा का अभाव रहता है।
- बुढ़ापा शरीर का उतना धर्म नहीं, जितना मन का है।
- यदि दुःख से बचना चाहो तो सुख की इच्छा मिटा दो। यदि रोग से बचना चाहो तो भोग की इच्छा मिटा दो। इच्छाएँ ही समस्याओं का मूल कारण हैं।
- कुछ पाना कृपासाध्य नहीं, श्रमसाध्य है।
- जो जगत् का वंदन करता है, जगत् उसका अभिनंदन करता है।

- दृष्टि पावन हो जाए तो सृष्टि वंदनीय हो जाए।
- गलत बात को गलत स्वीकार करना ही सुधार का प्रारंभ है।
- जिसे समय का सदुपयोग करना आ गया, उसे जीना आ गया।
- हम लाभ के लिए काम करें, लोभ के लिए नहीं।
- अपने दान को अपनी दौलत के अनुसार बना, कुदरत तेरी दौलत को तेरी दानशीलता के अनुसार बना देगी।
- सफल होने के लिए लक्ष्य में स्थिरता एवं संकल्प में दृढता रहे।
- कर्तव्यकर्म का पालन ही धर्मधारण है।
- जीवन में हमेशा उत्साह एवं उत्कंठा होनी चाहिए।
- सबसे आसान है दूसरों की आलोचना करना एवं सबसे कठिन है स्वयं सुधरना।
- कमजोर आदमी धरती का भार है, वीर पुरुष धरती का भाग्य है।
- यदि मनुष्य सीखना चाहे तो प्रत्येक भूल उसे बहुत बड़ी शिक्षा देती है।
- हमारे मन के विचार, कर्म के पथ-प्रदर्शक होते हैं।
- मनुष्य फूल बनकर महके एवं सूर्य बनकर चमके, प्रकृति मूक भाषा में प्रतिदिन यही संदेश देती है।
- विपत्ति आए और बुद्धि डगमगाए नहीं, यही हिम्मत है।
- हृदय में सच्चाई होने से जीवन में सौंदर्य आता है।
- मनुष्य अनंत संपदाओं का स्वामी होने पर भी अगर चरित्रहीन है तो विपन्न ही जाना जाएगा।
- चार चीजों से परहेज करें—बिना जीता मन, शत्रु की प्रीति, स्वार्थी की खुशामद, बाजारू ज्योतिषी की भविष्यवाणी।
- स्वस्थ शरीर आत्मा का भवन है और अस्वस्थ शरीर इसका कारागार।
- स्वार्थी की तपस्या भी संहार करती है।
- प्रेम में एक-दूसरे को चाहा जाता है, एक-दूसरे से चाहा नहीं जाता।

- बिना उचित कर्तव्यपालन के अधिकारों का उपयोग अर्थहीन है।
- प्राय: आदमी दो ही काम करता है, पराई निंदा या अपनी प्रशंसा। संत केवल लोक कल्याण की ही बात करते हैं।
- धर्म का सार है, जो अपनी आत्मा के प्रतिकूल हो, वैसा आचरण दूसरों के साथ मत करो।
- अन्न का कण एवं संत का क्षण व्यर्थ न करें।
- संसार को अपनी सेवा के लिए मानना बंधन का हेतु है और अपने को संसार की सेवा के लिए मानना मुक्ति का हेतु है।
- जो चीज जहाँ खोती है, वहीं मिलती है। शांति खोती है परिवार में और खोजते हैं हरिद्वार में।
- हम केवल मरने के लिए पैदा नहीं हुए, कुछ करने के लिए पैदा हुए हैं।
- स्वस्थ रहने का मंत्र है—प्रातः भ्रमण, नियमित योगाभ्यास, आहार को औषधि बनाना, भोजन, भजन एवं भ्रमण की साधना।
- जब हम अपनी कमजोरियों के साथ सामंजस्य करके रह सकते हैं तो दूसरों की कमी एवं कमजोरियों के साथ क्यों नहीं रह सकते?
- गुण एकांत में विकसित होता है, चरित्र का निर्माण संसार के भीषण कोलाहल में होता है।
- चरित्र का जो मूल्य है, वह और किसी वस्तु का नहीं।
- चरित्र की शुद्धि ही सारे ज्ञान का ध्येय होना चाहिए।
- चरित्र ही है, जो विपत्तियों की अभेद्य दीवारों में से भी मार्ग बना लेता है।
- वह गरीब बन जाता है, जिसका खर्च आमदनी से ज्यादा है।
- धनहीन व्यक्ति को सभी छोड़ देते हैं। मित्र, स्त्री, नौकर भी धनहीन व्यक्ति का आदर नहीं करते।
- अपनी गलती स्वीकार करनें में लज्जा की कोई बात नहीं है।

- गलती करना मनुष्य का स्वभाव है। की हुई गलती को मान लेना और ऐसा आचरण रखना कि गलती फिर से न होने पाए, मर्दानगी है।
- जो जान गया है कि उससे गलती हो गई और उसे ठीक नहीं करता तो वह एक और गलती कर रहा है।
- बहुत सी और बड़ी गलतियाँ किए बिना कोई व्यक्ति बड़ा और महान् नहीं बनता।
- विवेकशील पुरुष दूसरों की गलतियों से अपनी गलती सुधारते हैं।
- सुबह से शाम तक काम करके आदमी उतना नहीं थकता, जितना क्रोध या चिंता से एक घंटे में थक जाता है।
- सज्जनों का क्रोध जल पर खींची गई रेखा के समान है, जो शीघ्र ही विलुप्त हो जाती है।
- संपूर्ण संसार का एकता के सूत्र में बाँधने की योजनाएँ बनाना सरल है, किंतु अपने हृदय में रहनेवाले क्रोध पर विजय पाना अत्यंत कठिन है।
- जो मनुष्य अपने क्रोध को अपने ऊपर झेल लेता है, वही दूसरों के क्रोध से बच सकता है और अपने जीवन को सुखी बना सकता है।
- मनुष्य क्रोध को प्रेम से, पाप को सदाचार से, लोभ को दान से और मिथ्या भाषण को सत्य से जीत सकेगा।
- वृक्ष अपने काटनेवाले को भी छाया देता है।
- क्षमा कर देना दुश्मन पर विजय प्राप्त कर लेना है।
- क्षमा तेजस्वियों का तेज है, क्षमा तपस्वियों का तप है, क्षमा सत्यवादियों का सत्य है, क्षमा सत्य है और क्षमा मनोनिग्रह है।
- दुष्टों का बल है हिंसा, राजाओं का बल है दंड, स्त्रियों का बल है सेवा और गुणवानों का बल है क्षमा।
- सर्वोत्तम कीर्ति प्रतिद्वंद्वी द्वारा की गई प्रशंसा है।

- वही काम करना ठीक है, जिसे करके पछताना न पड़े और जिसके फल को प्रसन्न मन से भोग सकें।
- काम न करनेवाले को खाना भी नहीं चाहिए।
- बिना कर्म किए, केवल सिद्धांत बताना दिमागी अय्याशी है। बिना सिद्धांत को समझे कार्य करना अंधे की टटोल है।
- काम को हाथोहाथ कर डालना चाहिए, वरना जो काम पीछे रह जाता है, वह हो नहीं पाता।
- काम की अधिकता नहीं, अनियमितता आदमी को मार डालती है।
- उत्साह मनुष्य की भाग्यशीलता का पैगाम है।
- उत्साह से बढ़कर दूसरा कोई बल नहीं है। उत्साही पुरुष के लिए संसार में कोई भी वस्तु दुर्लभ नहीं है।
- विश्व इतिहास में प्रत्येक महान् और महत्त्वपूर्ण आंदोलन उत्साह द्वारा ही सफल हो पाए हैं।
- मनुष्य को उद्योग करना ही चाहिए, यह तो उसका कर्तव्य है। गौ न पालकर बिल्ली अपने उद्योग से नित्य दूध पीती है।
- उद्योग से मैं अपना मार्ग खोज लूँगा अथवा अपना मार्ग स्वयं बना लूँगा।
- न उधार दो, न उधार लो; क्योंकि उधार देने से अकसर पैसा और मित्र दोनों ही खो जाते हैं और उधार लेने से किफायत कुंठित हो जाती है।
- उन्नति चाहनेवाले व्यक्ति को निद्रा, तंद्रा, भय, क्रोध, आलस्य और दीर्घसूत्रता—ये अवगुण त्याग देने चाहिए।
- वही उन्नति कर सकता है, जो स्वयं अपने को उपदेश देता है।
- हार-जीत संसार में हुआ करती है, एकांत में नहीं।
- श्रद्धा ही पत्थर को शिवलिंग बनाती है।
- जीत भी उनको मिली, जो हार से जमकर लड़े हैं। हार के भय से

डिगे जो, वे धराशायी पड़े हैं।

- अहंकारी का प्रशंसा से एवं लोभी को द्रव्य से वश में किया जा सकता है।
- झूठा वादा करने से विनम्र इनकार अच्छा है।
- मेहनत को अपना मनोरंजन बना लो, सौभाग्य परिश्रम का ही फल है।
- विश्वास का जन्म हृदय से होता है, शंकाएँ बुद्धि में आती हैं।
- जो यह सोच–सोचकर भयभीत रहता है कि कहीं हार न जाएँ, वह निश्चित रूप से हारेगा।
- जिसे अपने अनुकूल बनाना हो पहले उसके अनुकूल बनना चाहिए। उसकी आलोचना न करके, प्रेम करना चाहिए। उसकी अच्छी बातों का हृदय तथा वाणी से समर्थन करना चाहिए।
- आलस्य एवं अपव्यय जैसे दुर्गुणों से बचें। जैसे—फूटे घड़े में जल संचय नहीं हो पाएगा, वैसे ही इन दुर्गुणों के कारण कुछ भी उपलब्धि नहीं होगी।
- भूखा क्रांति की बात करेगा, जो तृप्त है वह शांति की बात करेगा। जो न भूखा है और न तृप्त है, वह भ्रांति की बात करेगा।
- स्वर्ग–नरक केवल भोगभूमि है, पृथ्वी ही कर्मभूमि है। पृथ्वी पर ही बुद्ध, गांधी पैदा होते हैं, स्वर्ग–नरक में नहीं।
- जिसकी क्रियाएँ विकाराधीन न होकर विचाराधीन होती हैं, उन्हीं को सम्मान मिलता है।
- जिसमें न धैर्य हो न शौर्य, उसे कोई सम्मान नहीं देता।
- धर्म की शिक्षा दिए बिना किसी को शिक्षित करने का अर्थ उसे एक चतुर शैतान बनाना है।
- जिन्हें मंजिल पर जाना है, वे शिकवा नहीं करते। जो शिकवों में उलझे हैं, वे मंजिल पर कभी पहुँचा नहीं करते।

- एक पत्थर की तकदीर भी सँवर सकती है। शर्त यह है कि उसे सलीके से तराशा जाए।
- साज उसी का, जो बजाना जानता है। जीवन उसी का धन्य है, जो जीना जानता है। परमात्मा उसी का, जो पाना जानता है।
- जीवन में न किसी से अपेक्षा करो, न किसी की उपेक्षा करो।
- सदियों की इबादत से बेहतर है एक लम्हा, जो तुमने बिताया है किसी इनसान की खिदमत में।
- कृष्ण (परमात्मा) को अपनी लगाम दे दो, सही दिशा में चले जाओगे। दिशा सही होगी तो ही दशा सही रहेगी।
- सुविधाओं से नपुंसक कौम संघर्ष से आगे बढ़ती है।
- पहले हमारा भीतरी पतन होता है। बाहरी पतन तो इसका परिणाम मात्र है।
- आशंका और आशाओं के चिथड़े उतारकर फेंक दो, प्रसन्न हो जाओगे।
- जो भाग्य में होगा, वही मिलेगा, ऐसा कहनेवाला मूर्ख है। पुरुषार्थ का नाम ही भाग्य है। हिम्मत, दृढ संकल्प और प्रबल पुरुषार्थ से ऐसा कोई ध्येय नहीं, जो सिद्ध न हो। हिम्मते मर्दां मददे खुदा।
- सुख को भविष्य में मत ढूँढ़ो, वर्तमान को ही सुखद बनाओ। भविष्य कभी आता नहीं, जब आता है वर्तमान बनकर।
- दोष मालूम होते हुए भी त्याग न करना राग है। गुण मालूम होते हुए भी ग्रहण न करना द्वेष है। राग त्याग नहीं करने देता और द्वेष प्रेम नहीं होने देता। त्याग एवं प्रेम से राग-द्वेष मिट सकते हैं।
- जानी हुई बुराई छोड़ दो, की हुई बुराई दोहराओ मत।
- व्यर्थ समय गँवाना तथा श्रम से जी चुराना, दोनों ही सफलता में बाधक हैं।
- एक बुरे काम में सफल होने के बजाय एक शुभ कार्य में असफल

होना भी गौरव की बात है।

- हमें भूत की जानकारी हो, वर्तमान को सुधारने की तत्परता हो तो भविष्य सुनहरा होगा ही।
- विपत्तियाँ जीवन की सर्वोत्तम पाठशाला हैं।
- स्वास्थ्य एवं संपत्ति जाने पर भी यदि आत्मविश्वास बना रहेगा तो उनके पुनः आने की पूरी संभावना है।
- धन बनाने का नुस्खा है कि कठिन परिश्रम करें, किसी काम को छोटा समझकर उसे करते हुए शर्म न करें, कम खर्च करें, ईमानदारी से रहें।
- जो एक मनुष्य के लिए संभव है, वह सभी के लिए संभव है।
- संकल्पधारी मनुष्य के मन में भय, बाधा, विपत्ति, आपदा, अवरोध, परिस्थिति, संकट आदि शब्द अपने अर्थ खो देते हैं।
- गाड़ी में एक्सीलेटर एवं ब्रेक दोनों चाहिए। उसी प्रकार जीवन में गति एवं संयम दोनों चाहिए।
- अन्याय का प्रतिकार करना ही संघर्ष करना है।
- रणक्षेत्र में कवच ही हमारी सुरक्षा करता है। उसी प्रकार जीवन संग्राम में हमारा संयम एवं आत्मविश्वास हमारी रक्षा करता है।
- डॉक्टर अच्छे हैं, उनकी दवा भी अच्छी है। इतना जानने से लाभ नहीं होगा। दवा के सेवन से लाभ होगा। सफल बिजनेसमैन बनने के सूत्र जानने से लाभ नहीं होगा, उनको अपनाने से लाभ होगा।
- तनकर मत चल, पतन हो जाएगा।
- प्रभु मेरी गति एवं मति दोनों ठीक रखें।
- सपना जब तक देखते हैं, तब तक सही लगता है, जागने पर ही मिथ्यापन का बोध होता है।
- सजग (सचेत एवं सचेष्ट) बिजनेसमैन ही व्यवस्था को सुधार सकता है।

- काम शक्ति से नहीं, साहस से होता है।
- बल, धन, विद्या, बुद्धि, विवेक अच्छे–खराब तब होते हैं, जब वे अच्छे–बुरे के हाथ में चले जाते हैं।
- पुरुषार्थ, परिश्रम एवं शुद्ध मन से किए गए कार्य से अवश्य सफलता मिलती है।
- आदमी उम्र या धन से बड़ा नहीं होता, समझ से बड़ा होता है।
- सफलता का अहंकार न होना एवं विफलता का विषाद न होना ही सबसे बड़ी सफलता है।
- हमारे हाथ और पैर की अंगुलियाँ ही हमारे दशावतार हैं। इनका उपयोग करना, जिन्हें आ गया, वे स्वयं अवतारी हो गए।
- स्वतंत्र वही है, जो स्वावलंबी है।
- जीवन में उत्साह एवं उत्कंठा दोनों चाहिए। कार्य करने का उत्साह एवं जानने की उत्कंठा।
- जब सम्मान की भूख नहीं रहेगी तो अपमान भी परेशान नहीं करेगा। सम्मान से प्रसन्न होंगे तो अपमान भी परेशान करेगा। जब भी रहेंगे, दोनों साथ रहेंगे या दोनों ही साथ–साथ समाप्त होंगे।
- जो जहाज को डुबा दे, उसे तूफान कहते हैं, जो तूफान से टक्कर ले, उसे इनसान कहते हैं।
- दुनिया में जब तक जिओ, दाता बनकर जिओ, भिखारी बनकर नहीं।
- घोड़े से गिरना बुजदिली नहीं, गिरकर पुनः न चढ़ना बुजदिली है।
- संघर्ष करने की शक्ति अभाव में पैदा होती है।
- भाग्य का निर्माण भी कर्म से ही हुआ, अतः भाग्य के मूल में कर्म ही है।
- हमारी परिष्कृत वृत्तियाँ स्वर्ग का निर्माण करती हैं। दूषित वृत्तियाँ नरक का निर्माण करती हैं। स्वर्ग–नरक की कहीं भौगोलिक स्थिति

नहीं है। हमारे सुख-दुःख का कारण भी हमारी वृत्ति ही है।

- स्वर्ग-नरक लालच एवं भय का प्रतीक है।
- मनुष्य की परख उसके कुल से नहीं, उसके कर्म से होती है।
- त्याग और वैराग्य का अंतर क्या है? जो हाथ से छुटे वह त्याग और जो मन से छूटे वह वैराग्य।
- जीवन में आया संत कभी-न-कभी भगवंत से भेंट करा देगा।